日记背后的历史

维瓦尔第的歌手

露克蕾霞日记（1720年）

〔法〕克里斯蒂娜·费雷 - 弗勒里 著 郝宇 译

人民文学出版社

PEOPLE'S LITERATURE PUBLISHING HOUSE

著作权合同登记号　图字 01-2016-3678

La Chanteuse de Vivaldi
© Gallimard Jeunesse, 2012

图书在版编目(CIP)数据

维瓦尔第的歌手:露克蕾霞日记／(法)费雷-弗勒里著;
郝宇译.—北京:人民文学出版社,2016
　　(日记背后的历史)
　　ISBN 978-7-02-011639-3

　　Ⅰ.①维⋯　Ⅱ.①费⋯　②郝⋯　Ⅲ.①儿童文学-
中篇小说-法国-现代　Ⅳ.①I565.84

中国版本图书馆 CIP 数据核字(2016)第 095773 号

责任编辑:甘　慧　尚　飞
装帧设计:李　佳

出版发行　人民文学出版社
社　　址　北京市朝内大街 166 号
邮政编码　100705
网　　址　http://www.rw-cn.com

印　　刷　山东德州新华印务有限责任公司
经　　销　全国新华书店等

开　　本　850 毫米×1168 毫米　1/32
印　　张　5.25
字　　数　80 千字
版　　次　2016 年 6 月北京第 1 版
印　　次　2016 年 6 月第 1 次印刷

书　　号　978-7-02-011639-3
定　　价　20.00 元

如有印装质量问题,请与本社图书销售中心调换。电话:010 - 65233595

序

老少咸宜，多多益善

——读《日记背后的历史》丛书有感

钱理群

这是一套"童书"；但在我的感觉里，这又不止是童书，因为我这七十多岁的老爷爷就读得津津有味，不亦乐乎。这两天我在读"丛书"中的两本《王室的逃亡》和《米内迈斯，法老的探险家》时，就有一种既熟悉又陌生的奇异感觉。作品所写的法国大革命，是我在中学、大学读书时就知道的，埃及的法老也是早有耳闻；但这一次阅读却由抽象空洞的"知识"变成了似乎是亲历的具体"感受"：我仿佛和法国的外省女孩露易丝一起挤在巴黎小酒店里，听那些平日谁也不注意的老爹、小伙、姑娘慷慨激昂地议论国事，"眼里闪着奇怪的光芒"，举杯高喊："现在的国王不能再随心所欲地把人关进大牢里去了，这个时代结束了！"齐声狂歌："啊，一切都会好的，会好的，会好的……"我的心都要跳出来了！我又突然置身于3500年前的神奇的"彭特之地"，和出身平民的法老的伴侣、十岁男孩米内迈斯一块儿，突然遭遇珍禽怪兽，紧张得屏住了呼吸……这样的似真似假的生命体验实在太棒了！本来，自由穿越时间隧道，和远古、异域的人神交，这是人的天然本性，是不受年龄限制的；这套童书充分满足了人性的这一精神欲求，就做到了老少咸宜。在我看来，这就是其魅力所在。

而且它还提供了一种阅读方式：建议家长——爷爷、奶奶、爸爸、妈妈们，自己先读书，读出意思、味道，再和孩子一起阅读，交流。这样的两代人、三代人的"共读"，不仅是引导孩子读书的最佳途径，而且还营造了全家人围绕书进行心灵对话的最好环境和氛围。这样的共读，长期坚持下来，成为习惯，变成家庭生活方式，就自然形成了"精神家园"。这对孩子的健全成长，以至家长自身的精神健康，家庭的和睦，都是至关重要的。——这或许是出版这一套及其他类似的童书的更深层次的意义所在。

我也就由此想到了与童书的写作、翻译和出版相关的一些问题。

所谓"童书"，顾名思义，就是给儿童阅读的书。这里，就有两个问题：一是如何认识"儿童"，二是我们需要怎样的"童书"。

首先要自问：我们真的懂得儿童了吗？这是近一百年前"五四"那一代人鲁迅、周作人他们就提出过的问题。他们批评成年人不是把孩子看成是"缩小的成人"（鲁迅：《我们现在怎样做父亲》），就是视之为"小猫、小狗"，不承认"儿童在生理上心理上，虽然和大人有点不同，但他仍是完全的个人，有他自己的内外两面的生活。儿童期的十几年的生活，一面固然是成人生活的预备，但一面也自有独立的意义和价值"（周作人：《儿童的文学》）。

正因为不认识、不承认儿童作为"完全的个人"的生理、心理上的"独立性"，我们在儿童教育，包括童书的编写上，就经常犯两个错误：一是把成年人的思想、阅读习惯强加于儿童，完全不顾他们的精神需求与接受能力，进行成年人的说教；二是无视儿童精神需求的丰富性与向上性，低估儿童的智力水平，一味"装小"，卖弄"幼稚"。这样的或拔高，或矮化，都会倒了孩子阅读的胃口，这就是许多孩子不爱上学，不喜欢读所谓"童书"的重要原因：在孩子们看来，这都是"大人们的童书"，与他们无关，是自己不需要、无兴趣的。

那么，我们是不是又可以"一切以儿童的兴趣"为转移呢？这里，也有两个问题。一是把儿童的兴趣看得过分狭窄，在一些老师和童书的作者、出版者眼里，儿童就是喜欢童话，魔幻小说，把童书限制在几种文类、有数题材上，结果是作茧自缚。其二，我们不能把对儿童独立性的尊重简单地变成"儿童中心主义"，而忽视了成年人的"引导"作用，放弃"教育"的责任——当然，这样的教育和引导，又必须从儿童自身的特点出发，尊重与发挥儿童的自主性。就以这一套讲述历史文化的丛书《日记背后的历史》而言，尽管如前所说，它从根本上是符合人性本身的精神需求的，但这样的需求，在儿童那里，却未必是自发的兴趣，而必须有引导。历史教育应该是孩子们的素质教育不可缺失的部分，我们需要这样的让孩子走近历史、开阔视野的人文历史知识方面的读物。而这套书编写的最大特点，是通过一个个少年的日记让小读者亲历一个历史事件发生的前后，引导小读者进入历史名人的生活——如《王室的逃亡》里的法国大革命和路易十六国王、王后；《米内迈斯：法老的探险家》里的彭特之地的探险和国王图特摩斯，连小主人翁米内迈斯也是实有的历史人物。每本书讲述的都是"日记背后的历史"，日记和故事是虚构的，但故事发生的历史背景和史实细节却是真实的，这样的文学与历史的结合，故事真实感与历史真实性的结合，是极有创造性的。它巧妙地将引导孩子进入历史的教育目的与孩子的兴趣、可接受性结合起来，儿童读者自会通过这样的讲述世界历史的文学故事，从小就获得一种历史感和世界视野，这就为孩子一生的成长奠定了一个坚实、阔大的基础，在全球化的时代，这是一个人的不可或缺的精神素质，其意义与影响是深远的。我们如果因为这样的教育似乎与应试无关，而加以忽略，那将是短见的。

这又涉及一个问题：我们需要怎样的童书？前不久读到儿童文学评论家刘绪源先生的一篇文章，他提出要将"商业童书"与"儿童文学中的顶尖艺术品"作一个区分（《中国童书真的"大胜"了吗？》，载2013年12月13日《文汇读书周报》），这是有道理的。或许还有一种"应试童书"。这里不准备对这三类童书作价值评价，但可以肯定的是，在中国当下社会与教育体制下，它们都有存在的必要，也就是说，如同整个社会文化应该是多元的，童书同样应该是多元的，以满足儿童与社会的多样需求。但我想要强调的是，鉴于许多人都把应试童书和商业童书看作是童书的全部，今天提出艺术品童书的意义，为其呼吁与鼓吹，是必要与及时的。这背后是有一个理念的：一切要着眼于孩子一生的长远、全面、健康的发展。

因此，我要说，《日记背后的历史》这样的历史文化丛书，多多益善！

2013年2月15—16日

1720年8月28日

我恨天底下所有的神父和长着红头发的人！神父让我的童年备受折磨、不堪忍受，而红头发则因太过惹眼而让人生厌。在收留我的机构里，我是一名好学生，但我讨厌一切惹眼的东西。即使到了现在，我们合唱队的老师红发神父，他的出现也未能使我摆脱这种偏见。有一次，红发神父带领我们参加为威尼斯上流社会举办的音乐会。在一场演出中，他狂躁不安，口水四溅，时而张牙舞爪，时而跺脚，时而乱揉衣领。在排练期间，他在我们身边转来转去，就像一只随时准备扑向猎物的老鹰。他嘴里哼着主旋律，头也跟着轻轻摆动，好像摇摆在暴风骤雨中的一棵树。当我们的演出令他满意时，他便谢天谢地，目光虔诚地

转向大厅里那开裂的天花板；但倘若我们出现一丁点
儿的跑调，他便大发雷霆，将自己的护袖扯下来撕个
粉碎。

多么可笑的小矮子啊，这个红发神父！对了，还
没有人叫过他的真名呢。对大家来说，尊敬的维瓦尔
第①神父现在是、并且将来也是红发神父。在整个城
邦里，我们看到他到处奔波的身影：一会儿跑去央求
王公贵族准许自己为他们题词，一会儿盘算着凭借自
己一举成名的作品为他的剧院谋利。他斤斤计较，善
于讨价还价，真是个名副其实的企业家。他因此会
一直留在威尼斯给我们上课吗？才不呢，他还去曼托
瓦，去罗马。他的经常缺席引起了皮耶塔医院主管的
不满。皮耶塔医院是一家孤儿救助疗养院，也负责这
些儿童的教育工作。最近，他们不得不重新找一位小
提琴老师来填补红发神父的空缺……对此，红发神父
是这样回答的：人们交给他安抚孤儿的工作是不够
的，他必须到别处再找些别的事来做。

---

① 维瓦尔第（1678—1741），意大利文艺复兴时期著名的小提琴演奏家
和音乐作曲家，他还是一名神父。

确实，维瓦尔第神父不仅是一位老师，他还是一名小提琴家，一名作曲家。他在我们中间物色会演奏乐器的人以及他所需要的歌喉——天使般的或是迷人的那种——去参加音乐演奏会或歌剧的演出。他近来发现的天籁歌喉从此便成为众人阿谀奉承的对象，这位新秀前不久还和我们住在一起呢。

她就是波拉。

波拉的嗓音纯正无比，她那铜铃般的笑声给那些最阴郁的日子带来了快乐。波拉如阳光般灿烂，她活力四射，朝气蓬勃，热情洋溢。

她是我的朋友，我的姐妹。

神父把她从我身边夺走了，使她离开了我们。

我恨他。他的灵魂如罪孽一般丑恶。可是，他的音乐怎么会如此之美呢？

8月31日

我叫露克蕾霞·卡利基奥。我写的是"我叫"而不是"人们叫我"，因为只有我一人知道我爸爸的姓

氏而小伙伴们都不知道。我爸爸是奥利欧街区圣乔瓦尼教区的一名修鞋匠，我妈妈在生我时就去世了。由于无法独自料理家务，爸爸很快又娶了一个老婆，她不但要抚养我，还要操持家里的一切。后妈卡特琳娜人不算坏：和身边的小伙伴一样，有时我会挨顿巴掌，有时我也会得到爱抚。我喊她"妈妈"，同我那有着火暴脾气、常让我胆战心惊的老爸相比，我更喜欢她。她是一名绣花女，在家里做活，时而忙着在薄薄的细布上用金线或银线做刺绣，时而打扫屋子，时而用深口锅做一锅玉米粥，煲一锅豌豆火腿汤；过节的时候，她会做一锅豌豆米饭。

卡特琳娜天生好性情，整天都哼着小曲。我正是听着她来回重复的小调才对音乐产生了兴趣。当她唱时，我会不自觉地跟她一起唱，当然整个音调要比她低一阶。我那亲爱的后妈会对此笑笑，但有一天我们的一个女邻居这样取笑我道："一个女孩儿竟有船夫的嗓门儿，真难听啊。闭上你的嘴吧，小丫头，你把我们的耳朵都要吵炸了！"

我的自尊受到了伤害，从此我不再唱歌。除非当我自己独自一个人的时候，我才会唱，而这却是少有的情况。我感到一种莫名的失落，一种忧郁的情绪，仿佛身边的整个世界都失去了色彩。对音乐的爱，正如人与人之间的爱，一旦被点燃就需要燃料；但对于这一点，我当时尚未明白。我只是满大街地奔跑着去寻找流浪音乐家，这种寻找总会有所收获，因为在威尼斯，人们随处都可以唱歌，无论是在广场上、大街上还是在河道上。商贩卖东西时吆喝着，工人下班时唱着歌，渔夫缝补网时哼着调儿。一个船夫起个调，另一个便跟他和，很快一首曲子便从一艘小船传到了另一艘小船上，从一条河飘到了另一条河上……我坐在码头上，心潮澎湃地听着这些歌儿，感到被关在胸膛里的一只鸟儿正拍打着翅膀，准备逃脱出来。

我用一只箱子自制了一种鼓，拿着我从爸爸的修鞋铺里偷来的好皮贴在上面。但它只能发出一种闷闷的响声，比偷来的皮被发现后打在我屁股上的棍棒声还要沉闷。我把木质的桌子当作鼓来敲，把木质窗边当作鼓来敲；我发现一段树叶的茎夹在唇间可以发出不同的哨声；我会对着平底锅手柄的管道喊上一阵；

我会跺着自己鞋底的方跟，我会将修鞋的两个锥子对着敲打，我会拿着火钳对着锅底敲……总之，我制造了很多的噪音，以至于一向安静的卡特琳娜都不再平静了。"你怎么了，小宝贝？好像着了魔似的。"她问我。

她深深地画了个十字，吻了下我的额头，要我把舌头伸出来，然后直盯着我看。

"你病了吗？还是饿了呢？还是木匠家的哪个小子揍了你呢？"

她一一列举在她看来可能使我这个年纪的小女孩儿感到痛苦的种种不幸后，便不再提问，满是疑问地盯着我。我就这样被她感动了，猛地抱住她的脖子，在她的脸上猛亲了两口。我真该告诉她我的确病了，因音乐而病，因渴望参与到威尼斯人那永恒的自演自唱的音乐会中而病。

9月2日

像往常一样，我们要唱晚祷。结束后，我们在一个接待室里集合，然后取缝衣针。在皮耶塔医院里，只有"普通的女孩"做完了其他家务活还要整天做针线活。有些女孩儿会做特别美的花边，这些花边甚至可以和佩莱斯特里纳或布拉诺岛绣花女的手工活儿相媲美。我们这些"合唱队的女孩"可以做自己的嫁妆。此外，我们还享有其他的特权：可以吃到更好的饭菜，可以穿上更保暖的衣服，防止我们得了支气管炎而不能唱歌或吹乐器。我们还可以偶尔出门去做慈善，然而那些"普通的女孩"却只能一年出去一天。

我们中一些即将出嫁的女孩儿会获得一笔丰厚的嫁资，即两百杜卡托。一些女孩儿在威尼斯市的修道院里戴上了出嫁时的头纱，另一些人还要留在皮耶塔医院做下等女佣人或合唱队的女佣人。而我，我没有什么大志向，因为我长得丑。人们常这么对我说，卡特琳娜也是这样想的，尽管她出于好意努力不当面损我。在这里，我无需为镜中自己的面孔感到悲伤，因为收容所的规定使我们无法发挥面孔的优势。但我还是能记得那张偶尔会在开裂的镜子前照一照的面容，这面镜子是我的后妈放在窗边用来梳妆的。这张脸不美，棱角粗糙，长着大鼻子，粗粗的眉毛。长在我身上的东西都太大了，脚很大，手很大，腿很粗，脖子也很粗。粗鲁笨拙的我会撞上每件家具的一角，真是个穿着短上衣的船夫！对此，我更愿意笑笑，因为如果哭起来的话，我也只能是浪费眼泪和时间……

在这个世界上，一个丑人是没有任何成功机会的，尤其是在威尼斯。在这里，女人的美取决于她们梳妆盒里的宝石和化妆水，她们借助各种手段打扮自己，使自己变得光彩照人。在舞会上，（因为在散步的时候，她们不得不穿上一身刻板的黑色）那些威尼斯的贵妇人敢于梳最随意的发型，穿上最夸张的裙子。能对这些妓女说什么呢！人们鄙视她们，但是又嫉妒她们，偷窥她们，模仿她们的姿势，仿制她们的首饰甚至她们男仆的制服。适逢她们拿着情人的钱举办一些奢华的聚会时，人们便蜂拥而至。画家们从她们的面孔汲取灵感，画出一两幅穿着极其暴露的圣女、圣徒和殉道者来装饰我们教堂的墙壁。一旦花容老去，她们中的大部分人便销声匿迹，只有少数几个依旧很出名。比如曾做过法兰西国王亨利三世情妇的维罗妮卡·弗朗科①，很久以前被画家丁托列托②画过。她的肖像不是摆在凡尔赛官大殿内的显要位置就是被用来装饰私人卧室。在这幅罪女已逝、娇容依然留存的油画前，侯爵夫人们晃动着涂脂抹粉的脑袋来回观看，对她充满了怨恨还是同情呢？她们有的是地位、名誉和所有的特权，对这个曾遭她们疯狂嫉妒、如今又被遗忘在角落的维罗妮卡，她们大概是不会施舍自己的怜悯的。但她们会被人们遗忘，她们那些由蹩脚的宫廷画家或大省画家作出的肖像将被遗弃在库房里，而对于那张威尼斯高等妓女的肖像，她那珠圆玉润的半裸胸脯依然能够吸引到奉承者的目光。

波拉和我并不向往这种荣耀，我们向往的只是一种简单忙碌而又有规律的日子。生活在皮耶塔医院的围墙里，给收容在这里的小女孩上音乐课，每天拥抱着万物的美好以及我主给人间带来的荣耀，这就是我

① 维罗妮卡·弗朗科（1546—1591），意大利文艺复兴时期著名的威尼斯艺妓，同时她还是一位著名的女诗人。
② 丁托列托（1518—1594），意大利文艺复兴晚期最后一位伟大的画家，和提香、委罗内塞并称为威尼斯画派"三杰"。

们的愿望。

　　然而红发神父粉碎了我们所有的希望……粉碎了我所有的期待。只需一个手势，他就把我每天一点一点建立起来的梦想宫殿给摧毁了；他把波拉引到光明，引到由激情演奏或唱响的舞台上，而把我退回黑暗，那里标着我的座位。

　　那么，我该为自己奢望过多而感到抱歉吗？我向命运女神索取了什么过分的要求呢？索取了每天活在音乐中的幸福吗？可音乐对我来说如同空气和面包一样啊！那么，是索取了朋友温柔的目光？那个跟我一起分享痛苦与欢乐，分享活儿的朋友？

　　这些要求过分吗？这不好吗？

　　我犯了什么错？

9月3日

　　一名贵族游客要听我们唱歌。像往常一样，我们到祭坛的栅栏门后面站好了位子，因为教堂里的规矩使我们不得见人。但有时我们也会摘下面纱在奢华的大厅内玩耍。我们可以凝视音乐家们的演奏席，感受吊灯打下的光线，观看身着黑衣的人群、如花绽放的长裙、各种蕾丝边、各式珠宝，以及闻着各种我们只能闻一闻的气体：汗水味，香水味，以及各种菜肴的香味。我们听到谈话的阵阵喧哗，却听不懂一个字，我们偷窥那些抬头看我们的脸庞。

教堂里是绝对不会有这样的娱乐的，只有红发神父愿意抛头露面。一个放在栅栏门对面的用红锦缎做的沙发就专门为他而设的。从我的位置，远远地我只能看到一些柱子和第一排的观众，偶尔瞥见一条挥舞的刺绣手帕，一个耀眼的戒指，一顶放在丝绸护膝上的带翎饰的帽子。很多威尼斯的年轻贵族前来观看我们的演出，只是为了透过轮廓来猜测某张面孔，撞见某个目光，瞧见某个孤女的笑靥。这是一个游戏，一个残酷的游戏，当厌倦的玩家将秋波转而投向另一个女孩时，他的快乐就建立在别人的泪水上。

没有人看见我。躲藏在阴影下，靠在低音古提琴旁，沉浸在音乐中，仿佛沉在一条幽暗的地下之河里，在它的清凉中获得重生。我茫然地注意着身边的女伴拉琴弓的动作。我们共同呼吸，协调一致，宛如一个身体。我想，此刻没有什么能够将我们分开。

维瓦尔第神父用小提琴指挥我们，他嘴唇的每一次抽搐，身体的每一个突然动作，于我们而言都是一个不可违抗的符号。他指挥我们下一场演奏，给我们注入能量，窃取了我们最纯净的歌曲并使之变得崇高起来。

每当我们这样演奏时，我就不再讨厌他了。

9月6日

今天波拉来看我了。她穿着一件简单的披风，但当她把它掀起来时，我就意识到一条深渊现在将我们分隔了开来。我的灰布长裙和白头巾，同她那饰有花边和丝带的蓝丝绸上衣显得格格不入，一块奖章用一根丝绒带系在她的脖子上。可能感到些许尴尬，她揉着自己的裙子，这一熟悉的动作唤起了过去的一幕，那时我们总爱在天黑的时候躲到楼梯的台阶上，说着悄悄话并哈哈大笑。她的目光同我撞到了一起，微微一笑，几个月的长久分离像魔术般烟消云散了。

握着我的手，她带我走到窗边。借着白天的光亮，我可以看得清她两颊消瘦，那张精致的脸上多了几个大的淤青。

"波拉，发生了什么？"我悄声问道，"你不快乐吗？那个坏人打你了？"

她长叹一声，抚摸了下我的脸。

"他不是一个坏人，露克蕾霞，我知道你不喜欢他……但我求你不要把他当作魔鬼。"

"他给我们带来了什么？"我苦涩地回答，"在他眼里，我不过是一粒微尘。"

"你总是很骄傲，有点太过骄傲了，"她长吁一声，"你身上的这把火有时让我感到害怕……但你是我唯一的朋友，除了你，我还能对谁说呢？我那个嫂子真是一个蠢货。她想的只是数数衣橱里的床单和保险柜里的金币。她从来没有爱过我。她要是得知我身处困境，一定会无比高兴的！"

一阵寒冷侵袭我整个身心。她在说什么呢？

"波拉，跟我说说你为什么心神不宁的，你可以信任我。"

"我知道我信得过你。"

她从短上衣内取出一张揉皱的纸条。

"看，看完你就明白了。"

我将那张纸移到亮处，上面清晰地写着这样几行字：

那只在花园里叽叽喳喳、耀武扬威的麻雀自以为自己的歌声是最美的呢。一个弹弓、一个石子儿就能让她那乱叫的嘴巴闭上。你永远只能是一个蹩脚的歌手，波拉·梅里吉，如果你还爱惜你那可怜的小命儿，放弃那个剧院里的原本不属于你却被你占着不放的位子！

落款处，作者在最后的几个字旁边画了一只张着嘴的鸟，长长的舌头好像是从蛇嘴里吐出的一样。

晚上8点

波拉心定了些，随后便走了。自从她到剧院唱歌以后，她就住在非亲生的哥哥家里。当年得知妹妹只是一个没有嫁妆的孤女，那个吝啬鬼就不愿意供养她了。但现在他又过来剥削妹妹的劳动成果，并自以为要在她面前树立一个好形象。尽管她几乎得不到关爱，但我的朋友还是有一个房间的，她甚至还有一个女仆。

我假装把那张匿名纸条上威胁的字眼看得微不足道，我告诉她这些不过是不可避免地伴随着新生荣誉而滋生的毒果。她还会收到其他类似的威胁纸条，那些人在写下这些纸条的时候，内心满是羡慕嫉妒恨。对于一位艺术家而言，她是不需要去解读这些污秽的字眼的，因为这样会玷污了她的灵魂。我把那张纸揉了揉，随手抛到某个角落。但愿她不会再去捡起这张纸……

我在心里计划好了。我陪她走到楼道里，为了逗她，我给她看我那被针穿了很多孔的手指——我太笨了，以至于在缝床单时上面沾满了我的血。她对我感到同情，带着某种嘲笑的意味在我的食指上吻了吻。我听着她走过走道的脚步声，并听到了收容所门关上的声音，才去把那团纸捡起来，把它铺平，摊在亮烛台旁边的桌子上。

你永远只能是一个蹩脚的歌手，波拉·梅里吉，如果你还爱惜你那可怜的小命儿，放弃那个剧院里的原本不属于你却被你占着不放的位子！

我很遗憾地确信我从未见过这样的字迹。如果他是一时心血来潮写下这些跟我的姐妹开个玩笑的话，那样的话，情况还没有那么糟糕。我将用一顿拳头解决这件事情。但这些字眼并非出自某个嫉妒的家伙笔下，我从字里行间感受到一种刻意表现出来的冷冷的仇恨。写下这样一行字的那个人绝非是出于冲动：那只在花园里叽叽喳喳、耀武扬威的麻雀自以为自己的歌声是最美的呢。一个弹弓、一个石子儿就能让她那乱叫的嘴巴闭上。那个人是想吓唬波拉，恐吓她，迫使她放弃那个属于她的舞台。

我跑到窗前。我真笨啊！怎么就没有想到确定下我朋友是否被人跟踪了呢！门廊内没有一个可疑的影子。但这不足为奇，我带着些许恼怒想到了这一点。我们这些留在皮耶塔的女孩不嫉妒任何人，因而也没有人对我们心怀怨恨。威尼斯是我们的母亲，她养育着我们，呵护着我们。

就这样一动不动地待了好久，我看着那些灰色的光溜溜的甬道，那些摇曳在从湖面上吹来的风中的灯笼，若有所思。一股无法抑制的怒火从我的心中升起。不再颤抖，我已下定了决心。

从今以后，我要不计代价地保护波拉。

9月8日

今天早上，人们在奇迹圣母堂①的后面发现了一具男尸。消息先由面包师傅悄悄地传给我们接货的

① 奇迹圣母堂，位于威尼斯卡纳瑞吉欧区，是意大利文艺复兴时期的杰出建筑之一。

嬷嬷，那个嬷嬷又将此事告诉了我们中的一个普通女孩，接着这个消息便像团火苗似的愈演愈烈。它传遍了整个收容院，混进了每条走廊，钻进了每间卧室的门缝，甚至爬上了烟囱，最后，人人都知道那具死尸是个美男子，死时如刚出生时一样的赤身裸体。

女孩们的想象力在最后一个细节上被点燃了，甚至有人为这个陌生的美男子洒下眼泪。我们为这起凶杀的原因争吵不停，因为原因只能有一个。

她们想象着歹徒们跳进了运河里——在把匕首交给同伙前，他们已用它割伤了自己的喉咙。关于他的身份，女孩们也肆意发挥她们的想象。他出身哪个名门府第呢？将会是哪家因此罹难而蒙上阴霾呢？

这些疯女孩眼里净是王子，甚至对于这个死人也是。

我倒愿意从信息的源头去追查。于是我悄悄溜进了厨房，看到厨娘两脚搭在柴火上，一边休息，一边啃着她偷偷藏在袖子里的饼干。我并不关心她的贪吃，于是装作什么都没看到问她有什么可以帮的。在我的旁敲侧击下，她向我透露了一个细节。不知为何，它像某种威胁一样使我感到不安：这个美男子被发现的时候并不完全是生来就有的模样，因为他在童年的时候就被去除了男性的特征。

他是一个阉人歌手。

9月10日

晚祷结束后，我决定去拜访我们的老邻居莱奥纳老太太。为此事我恳请了院长的同意，他毫不犹豫就答应了我。我又向厨房要了些吃的，放在一个用洁白的布盖着的篮子里。穿上披风，我迈着轻快的步伐踏上了那条打童年起便熟记于心的昏暗小径。这条条河道，由渗水的墙围成的小巷，以及伴着叮咚作响的喷泉的小广场，我已不知穿行过多少次，以致赛斯特雷这六个街区于我而言已没有秘密。假使有人用布把我的眼睛蒙上或者用袋子把我的头套上，我也总能回到原来的路上。

路过我爸爸的家时，我没有停下来。卡特琳娜在我到皮耶塔收容院的那一年就死了。那里还住着两户人家。小商店已关了门，几个我不认识的孩子在门前的路上玩耍。其中一个两眼炯炯有神的小男孩把陀螺打到了我的腿上，他迅速跑过来将它拾走，一只胳膊挡着脸，生怕我要打他似的。我本想抚摸他一下，不料他却避开我温柔的手，逃走了。

我哽咽着说不出话来。我现在成了一个异乡人，即使在自家门口也是如此。我穿得很低调，黑裙子白头巾，即皮耶塔收容院的院服，但我的鞋不需要换鞋底，我有细腻的床单，不用担心第二天是否有饭吃。我还有一个落脚处。我的生活里充满了音乐——这是我一直希望的。我本该对我的命运感到满意。那么，这种折磨我的不安、忧虑从何而来呢？是源自这股我无法阻止的动荡的好奇心？还是仅仅源自我对波拉的担心呢？我不这样想。我心中一直有一只小鸟被关在那里，它想展翅高飞，只有当我拉琴时，它那扑通扑通扇动着的翅膀才稍稍平静。但它想要的不止这些。

那是什么呢？我不知道。

是因为这我才沿着河道跑，渴望知道人们悄悄说了什么——在黑暗处又隐匿着哪些可能危及我朋友的凶险呢？从打我听到那个被杀的阉人歌手后，我便感到这起死亡可能与我暗自积下的仇恨以及波拉收到的纸条有关。没有任何的迹象促使我这么想，只是我那颗亟待行动、扭转命运的心使我确定是这样。我不该跟随我的心走——它骄傲，固执，疯狂，无拘无束。莱奥纳知道威尼斯每条船的名字，她的儿孙都加入了船商协会。船商协会比统治我们的贵族权力更大，尽管他们不愿这样。没有一个秘密哪怕是在家里窃窃私语而不被立刻传到协会人的耳边，没有一场阴谋在没有他们支持的情况下策划成功。莱奥纳倾听来访者的诉说，并给出建议，为他们着想，相比拥有统治权并管理很多间谍的总督，她接受的咨询还要多。当我只是一个好动固执的小女孩时，莱奥纳就很爱我。正是她在给我后母送葬的队伍散后把我送到了皮

耶塔收容院。后妈一生都过着奔波劳碌却充满快乐的日子，她最终找到了自己的归宿——公共墓穴。为了抚养我，卡特琳娜打拼生活，节衣缩食。我那因感染霍乱而去世的父亲的离去加重了她的生活负担。她并不了解我，要知道是莱奥纳打开了我对音乐的渴望之门，或许她并不知道这一点，但后母养育了我并曾经爱过我。

当莱奥纳看见我时，她那平日里眉头紧皱的脸上泛起了笑容。

"快进来，我的露克蕾霞！你现在真漂亮！"

她边帮我脱掉披风，边打趣道：

"你就是漂亮。我现在明白了。喜好的问题——男人就是喜欢小女人，我以前不懂为啥。但你气色真棒。到狂欢节的晚上，男孩们如果不怕挨顿巴掌的话会将你紧紧抱着的！"我看了看我那双粗壮结实的大手，右手指由于长期弹低音弦已被磨出了老茧，导致人们会误以为它是长期洗衣、揉面或练剑的缘故。这双手生来就不是为了悠闲地插在花边口袋里休息的，也不会有钻石来装饰它。

"你笑话我了，莱奥纳。"我有些生气地回答她，"你明明知道我们是没有权利戴上面具参加狂欢节的。"

"那我知道还是有一些人违反这条禁令去参加了呢，把你的篮子给我……真重啊。谢谢你，小宝贝，你把我宠坏了……"

她用审讯的眼光看了我一眼，说道："我知道你的好心肠，但我想，这次作为交换，你一定有什么要问我的。"

她搬过来一个矮凳，拨了下壁炉里的火，打开壁橱，从里面拿出一个鼓肚瓶和两个高脚杯。

"你先喝一点烧酒，那么你是为什么事而来呢？还是你有一个追求者喽？他结过婚了？对你宣誓完逃走了？给你留下了一团糟的回忆，你现在想忘掉是吗？"

我当时一定脸红到了耳根。莱奥纳因帮助堕胎女孩在这一带很有名。这些无人愿意娶的女孩要么选择羞辱地活着，要么选择死去。

"不是这样的。您怎么会这么想！"

我几乎大喊着以表达我的愤怒，她却打断了我："不要感觉自己被冒犯了。你自认为比那些像你一样深夜里来看我的女孩高人一等吗？愿主原谅我。那些侮辱她们并把她们抛到大街上的人犯了一个比她们还要严重得多的罪行。那些并不了解她们就妄下评论的人也不是什么好东西。"

我感到自尊受到了伤害，低下了头。莱奥纳说得对，我的正义感又回来了。但想要摒弃偏见，尤其当这种偏见为大多数人所持有时，要想摒弃它并不总是容易的。

"跟我说说我可以为你做什么呢？"她又恢复了温柔的口吻说道。

她帮我倒了一杯浅黄色的饮料，递给我。我喝了一口，回味着甜丝丝的味道。

"是为了我的朋友波拉……"

"是那个和红发神父交往的小姑娘？神父倒不烦恼。至少，人们在小酒店里或喷泉旁边是这么说的。我啊，我不关心这样的事。你知道我的，我活着也要让他人活着。但是呢，我觉得让这些刚长成人的小孩儿入教是件蠢事。他们还未来得及品尝一切，大多数要么变成了放荡分子，要么变成了狂热分子。"

她靠近我问道："你是为她……她有我们刚才所说的那些烦恼吗？好啦，我的女儿，不要跟个母猫舔到了酸奶似的，还没到世界末日呢。那么，你为什么没有带她一起来呢？"

我摇了摇头。

"您搞错了，莱奥纳。不是这样的。波拉受到了威胁。我很担心。"

我从上衣里拿出了那张收好的纸条，打开它，大声读着里面的内容。莱奥纳和很多平民一样不识字，但她记性特别好。她听我读，额头紧锁，若有所思，然后，她从我手里拿过那张纸条，用手指划过每一行并停在最后一个字母上，就这样端详了好一会。

"写下这些的那个男的或女的是个受过教育的人。"她最终说道，"像我们这样的人是不会用笔这般流畅地写字的。"

"是男的还是女的？"我问道，"您认为会是一个女的吗？是另一个嫉妒波拉在剧院取得成功的女歌手？"

"这我不知道。你知道的，我不识字，对我来说，它不是一段话，而是一幅画。在这幅画里，写字的那个人故意让人们去猜测他的心。这种字体是伪造的：看这个字母，那儿……"

"这是一个 t。"

"这不重要。重要的是我们好几次都发现它，这儿，那儿，还有那儿。第三个和前两个不一样，但我们感觉手在这个地方写得更急促。我们就此可以认为它更自然些。"

深受她的感染，我也仔细查看文字，并用手摸了摸纸的正面。

"这是一张好纸。"我宣称道，为自己的敏锐感到骄傲，"它很厚而且很柔软，那么它来自一个富人家了。"

"你说得对。"莱奥纳赞同道，"现在要弄清楚写下这些东西的人是一个无聊的男人还是一个无聊的女人……"

她站起来，俯视这张纸。歪着脑袋，端详着它，好像一个艺术爱好者在给一幅画估价。

"这些圈圈像是一条条准备立起来攻击前缩成卷的蛇。某些字母的直划下笔有力，厚重，坚定。然而，那些最小的字母却像被压扁了一样，显得更小。这张纸条的作者是个残酷但懦弱的人，但这两个缺点男人有女人也会有。"

她不再说话。就这样沉默了好一会，我问起了那个烫嘴的问题："您是否听说过那个阉人歌手，那个被……"

"闭上嘴！露克蕾霞。有一些字眼即使在这个屋里也是不该讲的。"

她非常激动，站了起来，跑到半开着窗户的窗边。意识到天色已晚，她转身向我走来。

"你该走了。"

"但是……"

"不要说了。"

她把我的空篮子扔给我，把我推到了门口。在门槛上，她捏了下我的脸，高声喊道："你真是我的赐福天使。我相信皮耶塔的药水将很好地安抚我的痛苦。"

我无以对答，因为我没有带任何的药水。

"我会把这个空瓶子还给你的。和这个一样漂亮的瓶子。你要记着哦。一个男孩将会把它给你送去。"

她的手重重地拍了下我的肩膀。我温顺地点了点头，头也不回地走了。

接近午夜

夜幕早早就降临了，但我无法入睡。我躲到一间小祷告室里，以免手里蜡烛的烛光弄醒我的同伴。我蜷缩在毛毯里，在一个跪凳的板上画着，每隔十五分钟，教堂里那座开裂的钟便提醒我时间的流逝，黑暗即将迎接光明。对即将来临的黎明，我能期待什么呢？一个新发现还是别的担忧？

我很想走进那间摆满乐器的屋子，拿起我的琴弓，抚摸一下我那古提琴上的锃亮木板，拉着我的琴来驱走夜的黑暗。

但我无法得到这种慰藉——我只有笔可以画，像只被寂静吓坏的老鼠留下的爪痕。

今天或者明天或某一天，莱奥纳将给我捎来一条信息。

她为什么害怕跟我说呢？

我把带回来的那张纸条铺在跪凳上。我不敢丢了它，必须把它藏起来或者烧掉它。

在昏黄的烛光下，我凝视着这张纸条。脑海中浮现出过去的一幕：维瓦尔第神父挨座儿给我们发乐谱，有时为了避免我们出错他亲自抄乐谱。他怒气冲冲地盯着我们，嘟哝着：

"仔细点！纸很贵！我不会为打包菜场的鲱鱼埋单，也不会为学厨擦屁股埋单。"

"纸很贵！"

我拿起纸，重新展开它，把它铺平。

是不是……

果然！纸的表面被打磨过。起风了，我将纸移至亮处。

我看到了。一只鸟的徽章，上面印有两个首字母：V.C。

虽然是水印上去的，但我却看见了。

这是我们的一张乐谱的徽章。

9月11日

我艰难地睡着了。早上醒来时，我双手颤抖。要是我把碗掉了，我将面临一顿呵斥。饭和纸一样都很贵，不能浪费。尤其在这个靠社会捐赠的地方，它们就更贵了。我听够了那些不得不讲的卑微的陈词！我们还不够卑微么？这些穿黑衣的年轻女孩或躲在金色的栅栏后，或站到教堂大厅的角落里，被打发到这里来演奏，是为了营造出天使演唱会的感觉。像辛勤劳作却无甚收获的蚂蚁一样，她们学会了一个又一个的音符，像幽禁的蝉一样释放着热情和音乐，她们博得了他人的欢笑，自己却从未感受到快乐。

我感到心酸和耻辱。就在几天前，我还说过不愿过别样的生活，只希望过这样的生活！那个恐怖的猜测在我的心里扎了根。红发神父是那张纸条的作者吗？这个想法本身就很可笑，但我还是无法做到使自己小心翼翼地遏制住这个想法，就好像人们无法安抚一条暴躁而危险的看门狗一样。那么，是出于怎样的原因促使他去威胁"他的"歌手呢？她正是在他剧院的舞台上，初展才华，接二连三地登台表演，变得光芒四射。他走到哪儿，她就跟到哪儿，事事顺着他，并照顾他那虚弱的身体。维瓦尔第神父好像胸不好，他自己也说正是因为这他才从不去做弥撒。他需要她的照料，需要她的安抚。难道他怕她被别的诱惑拐跑了？怕某个有权势的靠山把她关在自己的宫殿里？怕某个鲁莽的经理用一笔钱把她雇走了？所以他就试图恐吓她假装更好地保护她？

我一定要弄清楚。

9月12日

我没有告诉任何人就出门了，希望能赶在晚祷前回来。威尼斯只有一个人制作那种纸，我想去问问他。但是，我又想到此行可能毫无收获，老板会回答我的问题吗？他会当面嘲笑我吧？如果不的话，他会告诉我什么呢？也许，他手中有一份常客的名单，上面不是文人便是有钱人，可是他会给我看吗？况且，就算我拿到了这份名单，接下来又该怎么做呢？去敲宫殿或教堂的大门，在门外嚷着我不会让任何人碰波拉一根汗毛？我必须想出一个万全的策略，但我毫无想法。

正犹豫着，我甚至都没注意到自己已经到了店铺的门口。好吧，折回去已经来不及了。由于门很矮，我便缩着脖子走了进去。进入那家昏暗的、四周墙用黑木板贴成的小店还需下去两个台阶。唯一的亮处就是那盏烛台和堆在木板上的乳白色或象牙色的一摞纸。

一个戴着一副老式眼镜、鼻子圆圆的，矮小驼背的人跑过来迎接我。他戴着一顶毡帽，一件女式披肩裹在他那瘦小的肩膀上。那双特别白的手似乎不是长在他身上似的。

"是这里给维瓦尔第神父提供纸的吗？"我谦虚地问道。

"对的，对的。他可是一个忠实的顾客，尽管有时会赊账。女士，有什么可以为您效劳的？"

"我是他的学生。我不小心……弄坏了古提琴的乐谱，所以我必须在他发现之前重新抄一遍，因为大师会冲我发飙的。"

我装作孩子般一心只求能逃脱应受惩罚的稚嫩无知样。

"就是这张纸。"我想尽快从他身上找到答案，便拿出波拉收到的那张已被我撕得不成样子的纸条的一块碎片。

他接过那片纸，仔细查看，皱起那团乱蓬蓬的眉毛。

"不是的，小姑娘。它的确是本店的纸，但维瓦尔第使用的纸是比这要便宜的直纹纸。就在几个月前，他还从我这儿买走了一包被我大意地印上了水印的纸。那水印是……"他不再说下去。

"是直纹纸？"我吃惊地重复道。

"是的，您看看这张纸，我把它移到烛光下，你就明白了。看到那紧密的纵向的纹路没有？这就是纸的网纹，上面的水印是通过将纸浆倒在黄铜丝模子上形成的。我们把这些竖直的痕叫作帘痕。再看看你给我的这张纸片，它既没有纵纹也没有帘痕。你的是羊皮纸。制纸用的定型材料更紧实，它是用最细的纸浆制成的，制作工艺需要特别细心。我只给信任我的几家贵族和一个要求高的顾客生产这种纸。但是，你是从哪里得到这张纸的？你是不是偷来的？为什么到这里来跟我撒这个谎？"

他突然用"你"来称呼我，咆哮着，声音也充满了威胁的口吻。

我准备撤了。

"我……我搞错了。"

"等一下。"

他的手扑向我。我一跳躲过了他，迅速登上台阶，逃走了。

"回来！"

这时，我已经跑远了。任披肩在后面飘舞，滑过到处是垃圾的泥泞马路。

9月15日

今天早上，排练结束的时候，红发神父把我留住了。

"小姑娘……我想问您一个问题。"注意到我的窘境，他赶紧说道，"哦，不是关于音乐的问题。我对您的演奏无可指摘，您照乐谱演奏得很令人满意。顶多，我们会抱怨您……您太过拘谨了。"

他误解了我脸红的原因，而最后一个词更让我感到脸红。

"您的姓正是卡利基奥吗？"他问我道。

"是的。"我回答道，并不清楚他想干什么。

"您的父母属于哪个教区呢？"

"奥利欧街区的圣乔瓦尼教区。我爸爸是修鞋匠。我继母在帮忙照顾一个表亲家的孩子时感染了伤寒去世了。她死后，我就来到了皮耶塔收容院。"

他把一个手指放在嘴上，好像为了细细品味我讲的东西。

"修鞋匠……我从来没听说过我们一个亲戚是……听着，露克蕾霞。卡利基奥是我外祖父的姓氏。上帝已经把他召回去了。这个善良人是个裁缝，来自波马里科①。您的父亲也来自巴西利卡塔②大区吗？

我坦言不清楚，因为爸爸从未说起过他的童年和

① 波马里科是意大利南部的一个市镇。
② 巴西利卡塔是意大利南部自治区，分波坦察和马泰拉两省。

祖辈。

"没关系，没关系……我们可能是一家人。况且，只要是诚实劳动者，所有的职业都是有价值的。我父亲在成为赫赫有名的小提琴家并在圣马可教堂演奏前不过是个剃须匠。他也是我的音乐启蒙老师。由于他的关系，我才被准许进入总督教堂聆听大师莱格伦齐[①]的演奏并得到他宝贵的建议。之后，到了圣乔瓦尼·克里索斯托莫教堂，我开始接触歌剧并欣赏了几场威尼斯最好音乐家的演奏会。这对于年轻人是一个莫大的机会。"

他到底想干吗呢？我窥视着他：他两眼放光，四下巡视，目光不断地从一个物体转移到另一个物体上。虽然长得不好看，但他并不缺乏魅力，尽管长着一个大鼻子和鞋拔子似的下巴。

"我经常听到你在调琴的时候会跟着哼唱。"他突然直接用"你"来称呼我，"多好的嗓音啊！"

我感到自己又一次脸红了。在我小的时候，难道

---

① 莱格伦齐（1626—1690），意大利著名音乐家、作曲家，深深影响了后来一批著名的音乐家如维瓦尔第等。

我还没听够人们对我那如船夫般的粗嗓门的嘲笑吗？
难道连我的音乐老师也要加入嘲笑我的队伍中来？

"对不起，老师。"我冷冷地回答，"如果这噪音
使您感到不舒服的话，我下次会闭嘴的。"

"完全不是这样，完全不是这样的。"

他的手在空中挥动了几下，好像木偶戏演员或
街头杂耍艺人向公众表示他的表演不含任何掺假的
成分。

"你没明白我的意思。我一向热爱美妙天然的嗓
音，也很愿意为他们作曲，这些曲子能很好地展示他
们独特的音质和音域……而你的嗓音，啊，愿圣母保
佑我们！你的嗓音很少见，小姑娘……"

"您在笑话我。"

"绝对没有。"

"您试图当场抓住我的虚荣心。"

"我若给你设下这样一个局，我就不配穿这身衣
裳了，我也不能成为聆听你忏悔的神父了。"

"这不可能！"我喊了起来，两眼充满了泪花。

"没有什么是不可能的。我可以在比一个抄谱者

抄好一份乐谱更短的时间内作出一组协奏曲。我可以
将神话中的英雄从冥间唤出来，使古代的君王皇后现
形，将他们的爱情、痛苦以及羞耻展示给心醉神迷的
大众；将他们的不满表达出来，赋予一种同他们的快
乐无法比拟的声调，我将为他们重建宫殿、庙宇，现
在他们同他们那被驯服的狮子、彩车、马匹和奴隶一
道行走在舞台的光环下！而我则成了这个幽灵国度的
创造者、偷窥者和知心人！"

　　看他这般激动，我不禁哆嗦了一下。很快他便恢
复了平静，冲我笑了一下，像是一个偷了几个苹果却
被逮个正着的小子。

　　"我太激动了，我太激动了……原谅我，我一讲
到音乐就热血沸腾了。你知道我新歌剧的彩排正达到
顶峰了吗？"

　　"我听说了。"我谨慎地回答。

　　"你朋友波拉演其中的一个主角。明天来圣安其
罗剧院参加彩排，我会跟院长说的。你会对它感兴趣
的。我们要检验一下你的嗓音。"

　　一转眼工夫，他就走了，以至于我没有丁点儿

时间提出异议。这位神父不是一个人，而是一本旅游宣传册，一个爱嘲讽人的机灵鬼，要么嘲笑迷路的游客，要么冲严肃的人做鬼脸。

9月16日

我们四个人一起走进圣安其罗剧院的大厅，像四只披着暗淡羽毛的母鹅站在一群极乐鸟中间。通过我们裙子和披风的颜色，人们一下子就知道我们是孤儿院里从小被培养出来唱歌的孩子。但在威尼斯，我们受到人们的尊重：一个曾在红发神父的礼拜堂里唱过几次独唱的伙伴告诉我们，红发神父不允许人们对我们出言不逊。如果哪个不满的观众胆敢在公共场合给这些上等女教师（即给小小孩上课的合唱队女孩）喝倒彩，他会即刻被赶出去，有时还会挨上一顿揍。

舞台上乱成一团，站满了布景师和歌手，堆满了舞台道具和布景。维瓦尔第神父，一如既往地激情高涨，在场地中间来来回回，并不断给那个如影子般跟着他、手里拿着纸和笔的年轻人做出指示。

"这是吉奥瓦尼·帕拉齐，歌剧作者。"一个声音钻进我的耳朵里，"他总是不断写了又写，因为大师的要求是无限的。他总想创新。死板的歌剧，枯燥的宣叙调①，被阉人歌手主宰、用以表现其歌唱技艺的时兴曲子都过时了！"

我被吓了一跳。我以为只有我一个人站在那里，因为伙伴们都回到了自己的座位上。

"请原谅我，小姐，如果我吓到您的话……"

说话的那个人退后了一步，以便正式跟我打声招呼，接着狡黠地向我做自我介绍。

"贝内代托·马尔切洛②，为您效劳。"

我知道这个名字。他是罗马的一名贵族，一位诗人、律师和自由作曲人。我曾听过好几场由他作曲的康塔塔，深受感动。

"您不喜欢歌剧吧，先生？"我问道。

"不，正相反。我甚至曾经写过一部歌剧《共同

---

① 宣叙调，即歌剧、清唱剧、康塔塔等大型声乐中类似朗诵的曲调。
② 贝内代托·马尔切洛（1686—1739），意大利作曲家，写过歌剧、重奏、合唱曲、清唱剧等。

的信仰》，在维琴察上演过。我敢打包票有 18 个年头了呢。您那时还没出生吧。您该看出来了，我讨厌的是某些歌手的矫揉造作，以及一些可怜的作曲家为满足观众的喜好而表现出的种种扭曲。"

在舞台上，一个身着盛装的男子在演唱一首曲子，他不费力就能使其高亢明丽的男高音响彻整个大厅。

"演的是苏丹马末沙，[①]"站在一旁的那位先生告诉我，"由安东尼奥·巴比埃利出演。此次正是他在威尼斯的首场演出。您的老师是在曼图亚[②]发现的他，并与他签了整整一季的演出，也就是说这场歌剧还有其他三部即将在下一场狂欢节上出演的作品。这也正是我喜欢的声音！此外，我不得不承认的一点是，《真相危机》这部歌剧里大部分是女声，只有一个男扮女装的角色是由一个阉人歌手扮演的。真是一场名副其实的开战宣言！我预先享受到了。"他摩拳擦掌地说道。

_____

① 苏丹马末沙，满剌加苏丹国最后一任苏丹。
② 曼图亚，意大利北部城市。

"开战宣言"。一个被谋杀的阉人歌手。一张威胁纸条……这位和蔼的音乐爱好者不经意说起的战争已经开始了吗？马尔切洛先生聊天的兴致似乎意犹未尽，因此我鼓动他继续讲下去。

"但是，先生，您说的开战是怎样的一种战争呢？在剧院，我们不打仗啊。"我装出一副天真的样子问道。

"是的呀。每天晚上，在剧场的正厅，这位'第一夫人'的爱慕者和那位被称作'伟人'、担任主角的阉人歌手的拥护者相互厮打。即使他们不为自己最喜爱的歌手而大打出手时，音乐或剧本本身也会成为他们争吵的主题，因为总有人会赞美它，也有人会指责它的不真实。"

"您好像很喜欢这种冲突的场面。"

"我更喜欢富有激情的观众。包厢里那些浓妆艳抹的女人们会为一丁点儿事情而扭打起来。您没见过她们朝正厅的观众吐痰或把她们啃过的鸡骨头扔向他们吗？"他激动地讲着。

"先生，我从没观看过一场演出。我们无权这样做，除了特殊情况。"

"这些粗鲁的人高声喧哗或吹着口哨，丝毫不害怕会打断歌手的演唱。在朗读宣叙调时，他们关上包厢的窗户，吃吃喝喝，打打牌或进行其他的娱乐活动。当着您的面，我不便讲出来。唉！歌手没有比这样做更值钱的了：当众解扣以便唱起来更舒服，吸着鼻烟，呼朋唤友。那些有些名气的阉人歌手会强迫剧院经理满足自己乖张的性情。最糟的是这些经理几乎总会听从他们！这个要求梳一种看起来像戴着一顶饰翎羽帽子的发型而不管戏的主题是什么，那个要求戴上脚铐手链去唱歌，或在曲谱中任意加上一段他最喜爱的、从其他作品中截取的曲子。古罗马时代的英雄被穿上了时下最时髦的衣服——男式齐膝紧外衣，就是为了看起来英俊潇洒。真可笑！和这个人的穿着差不多。"他补充道，盯着一位女歌手入场。

第一夫人身穿一件饰满花边的大红袍，高昂着头庄严地前行，仿佛一艘驶入港口的军舰。一袭金灿灿的红绫披肩，用镶了红宝石和珍珠的别针别在胸前，松松地搭在她的肩上。还有一些硕大的珍珠、花朵和羽毛点缀在她的头发上，准确地说是点缀在她的假发上，使她的发髻看起来出奇得高。

"这样的装束使她在穿过门的时候肯定得费点功夫。"我忍不住说道。

"您真说对了！好啦，我得走了。我还有事要做……"

"您在构思另一部歌剧？"

"不，我在进行最后一部小讽刺剧的创作……您也许会喜欢它的，尽管您的老师不会喜欢它，我对这一点毫不怀疑……因为您也演喜剧，不是吗，女士？您瞧好了，他们会演给您看的……再见！"

我未能对他的最后一句俏皮话作出回应，因为这时维瓦尔第神父注意到了我，正朝我这边走来。

晚上11点

透过窗户，月光照进我的房间并落在我写字的纸上。笔墨似乎镀了一层银，在变干之前闪闪发光，如同转瞬即逝的快乐一样。

是怎样阴郁的情绪促使我写下这些的呢？

不是恐惧，而是我对自己是否可以得到幸福的茫然。

我摸了摸自己的喉咙，由于用力，温润的皮肤嵌入了我的指缝里。是否有可能在我不知道的情况下，音乐天使在我的喉咙里放了一块宝贝？不可能！我习惯了嘲讽，人们说我是一个过于高大粗糙的女孩，长得又不匀称，说话做事又笨拙鲁莽。我清楚自己平凡与卑微的角色，自童年起，我就已经习惯了这种状态，以至于它成了我的庇护所，我的港湾，导致我丝毫不奢望崭露头角。

然而……

刚才在剧院的时候，维瓦尔第神父把我领到羽管键琴旁。我神色慌张地望着人群，中间有音乐家和他们的贴身男仆：他打算让我在这么多人面前唱歌吗？但是没有一个人注意到我们。我想他是看出我的窘迫了，因为他开始问我一些问题。你曾经在合唱队中唱过歌吗？看来，他已经想不起来曾在合唱队中看见过我了。是的，在女低音部的最后一排。我回答他。你喜欢这样的练习吗？依然喜欢。这种练习的哪一面最使你感兴趣呢？它可以把我的声音与他人的融合在一起，使我忘却自己，摆脱自己，歌里有的只是赞美和欢迎。

"有时候忘我是一件好事。"他点评道，"但它有时会成为一种虚荣的尝试，我的孩子，您从中获得完全的满足了吗？"

我犹豫了。

"没有。"我坦白，"有时候，我更愿……"

我本想表达自己内心深处的欲望，却不知用什么字眼。也许它是无法言说的。也许这些字眼有待发现，有待认识。

"在我看来，似乎一位歌手……"我结结巴巴道，"比一名乐器演奏者更接近音乐。因为音乐从他的身体发出，穿过他整个躯体……这种感受一定很奇妙。"

"给我展示下你是怎样呼吸的。"他嘱咐我，又回到了用"你"来称呼我的方式上。"你知道六年里甚至更久，那些阉人歌手为了训练他们的呼吸肌，每天都训练呼吸？虽然这种活动我们每天都不以为然。呼吸练不好，何谈唱歌。"

我听从他的吩咐，庆幸他没有重提到我刚才说过的话，准确地说那是我感到羞愧的知心话。他像一位医生叩诊病人那样，侧着脑袋，倾听我的气息。有一刻，我吸气过猛以至于脑袋晃动了起来。他腾地一下子走开，取了一支烛台并把它放到我的嘴巴旁边。

"缓慢均匀地呼气，不要让火苗熄灭。顶多它可以摇晃几下……想象着你呼出的气体是一条在你正前方飘扬的丝带，它无法触摸但又真实存在……"

红发神父让我做各种练习，随后便斜坐到羽管键琴的凳子上，随意地弹着琴键。

"照这个琶音唱，丝毫不要改变你的呼吸。尤其是不能把烛台吹灭了。"

我想都没想就照做了。第一个音调微弱又急促，神父再一次跳起来，用拇指和食指夹住我的下巴，轻轻地使我放低下颌。这样，从我的嗓门里发出的声音使我大吃一惊，以至于我差一点把烛台给吹倒了。那是一种洪亮饱满的声音，回荡在我脸颊内部的每一根骨头里，回荡在我的胸膛里，甚至回荡在我的每一根发根里。

一两个人转过身来，打量着我，接着做各自的事。在舞台上，女歌手在练声；男高音取了把小提琴并拉出极尖锐的声音；几个戴头巾的跑龙套吵吵嚷嚷，到处溜达。这种喧哗反而使我感到安心，并大着胆子唱起来。先是接二连三的琶音，接着便是尽可能拖长的长音，然后是分弓音符，最后是一小段用来检验我声音灵活度的颤音。在没有歌曲装饰的情况下，我的嗓音几乎没有任何发挥。

"真正的女低音！"他惊叹道，一脸的兴奋。"虽然还不很成熟，但声音沉稳而且音色很美。我曾听说过一个叫玛丽·安娜·齐阿尼的女歌手在皮耶塔收容院唱了五十几年。人们说她可以优雅地唱出上低音部分并能够使听众的心为之振奋并被它俘虏。也许，你就是新的玛丽·安娜呢！我会发给你一张练习纸……"

他抓了一张纸、一支笔和墨水瓶，在琴键上草草地划下几道线。

"你每天都要对着镜子练习发声，镜子很重要！我会替你找修女们要的。镜子会告诉你你的姿势是否端庄典雅，姿势一定要这样。在唱歌的时候，不能做鬼脸，你的嘴唇和面部肌肉需要保持优雅的微笑……眼睛不要朝天上看！你有一个属于自己的嗓音，这是上天的馈赠，也是一份责任，因为这份馈赠有待你去完善。以后每天你都要来这儿，因为我需要一些配角，我有空时，会让你练习的。此外，听着别人怎么唱歌，你学到的东西跟你自己练习得到的收获一样多。"

"我们不准许……上舞台……"

"我会跟院长和办事人员打好招呼的。好啦，去吧！"

我就这样离开了那里，和伙伴们叽叽喳喳、兴高采烈地回到了皮耶塔。在把那张练习纸锁到我的藏宝箱里前，我拿着它与波拉收到的那张纸条作了对比。

字迹不一样。

是我搞错了，我几乎为这个错误感到欣喜。

　　然而，兴奋并未使我忘记笼罩在我那最亲爱朋友头上的阴影。如何去保护她呢？如何才能发现是谁散布这个恐吓的呢？

9月22日

　　我每天都偷偷地练习，因为我觉得自己还没有准备好在伙伴们面前唱歌。在合唱队里，我躲在一边，聆听围绕在我身边的声音，学习她们的音色，对比她们的音域。这种和谐一致的嗓音使我们俨然成为一个歌颂上帝荣耀的整体，但我发现它是多种多样的，有时甚至是分散不齐的，比如在高音部分大家就不一致了，另外在最难的练声部分就变得含混了。一些人的声音清脆尖细如笛子一般，另一些的声音则像柔美圆润的巴松管一样。

　　有两次，当我来到剧院时，维瓦尔第神父要先给我上一堂课才准许我参加排练。当他没有让我一遍又一遍地练习时，他便滔滔不绝地讲起来，以至于有时我听得都有些头晕了。

"我只是一个微不足道的小提琴家。"一开始他就这样宣称自己。"后来，由于胸闷，我为此受了不少苦，我的嗓音就无法培养了。然而，只有一名歌手才能教会另一名歌手。我会把歌唱艺术的基本知识都教给你的，接着我们替你找一位能够指导你的老师。但是，我曾师从皮尔·弗朗西斯科-托西，一位上个世纪享誉欧洲的阉人歌手。嗓音不复之后，他并不是无所事事，而是全身心地投入到了培养年轻艺术家的事业中。他还从事作曲，真是值得称道的事，但在我看来，他作的康塔塔比不上他那歌唱技艺……"

从这句刻薄的话里，我觉察出一丝尖酸。然后他转而顺从大众的点评，大肆褒奖这位意大利的音乐大师，严厉批评那些"由于丝毫不懂高音谱号，没了管风琴就区分不了 mi 和 fa"的歌手，抨击那些没有品位和耳力的老师，致使他们的学生沾染上恶习，比如发音不准，再比如尖嗓门儿。

"我们从稳住声带开始练习，你的声音既不能结巴也不能发颤。如果你的嗓音没有矫正好，你就有可能一辈子都保持这种颤音，最后只能是个二流歌手。然后，你将开始学习三个开音节的练声，接着是倚音练习，倚音可是歌曲中首要的装饰音……"

听他讲话时，我偶尔会瞥一眼舞台。人们在上面布置了一个东方宫殿作为背景，它极其雄伟：在两个木质柱子间，画了一片烟雾缭绕的仙境，仿佛一片翻腾的海，一艘尖艇在海浪上舞动。我多想躲到那里，在这个比我任何一个梦境都要美的幻境里嬉戏玩耍。最重要的是，我多么渴望那种自由自在放声高歌的感觉，为自己而唱，让歌声随着风，掠过片片波浪，飘过座座小桥……

9月24日

我没有收到莱奥纳的任何消息，也不敢回去看她。她忘了对我的承诺了吗？将我告诉她的秘密抛之脑后了吗？她认为我是瞎担心，认为我吃饱了就不会把心思放在这些调皮捣乱的事情上？

每次从剧院回来，我都担心自己错过了她的信使。当我问起我的伙伴们时，她们暗自高兴，以为我被卷入了一桩情事里。

我确信，她们更加嘲笑我的恐慌，嘲笑我的美梦或噩梦。

9月26日

《真相危机》的排练继续进行着。我逐渐了解了剧情：我曾在剧院看见过的作为背景的东方宫殿是坎比亚苏丹马穆德的宫殿。他的儿子梅林多不得不娶佐治苏丹的女儿罗莎妮。借助这场婚姻，马穆德决定说出他曾在两个儿子出生的时候将他们掉了包。曾声称为王位合法继承人的梅林多实际为宠妾达米拉的儿子，而非皇后露丝缇娜所生……在第一幕中，马穆德将自己的决定告诉达米拉，因为她为自己的儿子没能得到王位而勃然大怒。她怒吼着，宣泄自己的不满。

波拉担任罗莎妮一角。苏丹的两个儿子，一个是合法继承人，另一个是非法继承人，争相向这个未婚妻献媚。波拉年轻貌美，给这个角色增了不少色。红发神父懂得爱护她的嗓音，因为它还尚未达到最大音域。他把一些更多需要的是灵敏而非高超技艺的曲子给她唱。

我认为达米拉的曲子棒极了。宛如深色的天鹅绒，女歌手的嗓音可将最细腻的情感表达出来。我深受触动，有一天我是否也可以达到这样的水平？

梅林多则是一个反串的角色，由科拉利出演。我以前从未见过她，但我确实也不认识几个著名的艺术家。然而，我听说这是她在威尼斯的首场演出。唱歌时，她在曲子上增加了令人惊异的装饰音，技艺如此精湛，以至于把我吓到了。

我也想演唱这个角色，但这是不可能发生的事。歌剧正如每天的新闻一样，时而被听到，时而被遗忘，或几乎被遗忘。公众不断地要求推陈出新的剧作，单单圣安其罗剧院在秋季和狂欢节期间已经排了三部戏……它还不是威尼斯唯一一家剧院！时下当红的曲子有时会被搬到我们所谓的"鸡尾剧"①里，它就像小丑的花衣服一样：从这出剧里挖走某个片段，从那出剧里截取某个二重唱，再套用第三个剧末的大合唱，最后所有的这些都被串联在一则新的故事里……

9月27日

当我写下"新的故事"这几个字的时候，一个名叫卡斯帕瑞纳的、尚且年幼的普通女孩没敲门就进来了。她来自农村，不太懂规矩，我张嘴训斥了她。她却带着些许神秘的表情忙不迭地跟我说："露克蕾霞，一个小伙子要见你。"

一个小伙子？她在取笑我吗？我装出一副严肃的神情。

"卡斯帕瑞纳，你知道的，我们不允许接受这样的访问。既然这样，为什么还要来打扰我？"

---

① 集成剧的一种，源自巴洛克时期意大利流行的一种混合型抒情作品，作曲者将几部不同歌剧中的曲子糅合到一个剧本里，因而是快速作出一部新剧作的有效方式。

"你要知道，他可帅了！他的头发就像丝绸一样，是那种金色的丝绸，我真想摸一下。"这个不知轻重的小家伙悄悄说道。

"卡斯帕瑞纳！"

"哟！……不要假正经了。你们合唱队的女孩儿动不动就感觉受到冒犯了。真以为自己的品质是一颗大宝石，生怕把它丢到大运河里了？"

我忍不住笑了起来。我喜欢她这种率真，尽管我年长的身份不允许我纵容她这样。

"他给你带来了瓶子，好像说是某个叫莱奥纳的人的。"小女孩耸耸肩随口一说，"如果你想有一次艳遇的话……"

"闭嘴，放肆！"

"尤菲米亚嬷嬷说你可以在门口见他。"

信使！我腾地一下站了起来，打翻了我的墨水瓶，墨水流到了地板上。

"看吧！"她带着一丝满足的微笑喊道，"你跟我们其他人都是一路货色，我清楚得很呢！快去吧，不要让人家等着了！我来收拾。"

她将我推至门口，既热情又有默契。

我感到两颊被烧得通红。

我不慌不忙地走下楼梯，因为我需要时间来平复内心的慌乱。如果我露了马脚，尤菲米亚嬷嬷一定会看出来的。我掸了掸自己的裙子，抬起头。

"那个跟班的在哪儿？"我努力装出一副平缓的语调问道。

"在花园的小门口。"嬷嬷回答我，"快点！我的孩子。"

我拉开生了锈的门，迎面看到一位希腊神——至少我在看古书时想象的神是这样的。坚挺的鼻梁，厚厚的嘴唇，面容清秀，没有胡须，一头金色卷发，像被火烫过一样。整个面部被那双眼睛点亮了，它们比夏日清晨的环礁湖还要碧蓝。诸多完美本该只会出现在某一座雕像上，但这尊雕像动了起来并张口说话了。

"我得把这个交给您。"美男子把一个包装完好的包裹交给我。

"谢谢！我……"

我说不出话来。莱奥纳在"还给我"的瓶子里放了一张纸条吗？可是，她不会写字……也许她请了一位邻居代她写……可是，假如她要告诉我的信息如此私密，以至于她甚至不敢在自己家里悄声说出来，怎么可以想象……

"我的名字叫安德烈。"小伙子说道。

他的穿着和平民并不一样，准确地说更像一个穷学生。因为他的鞋子都磨旧了，上衣的袖子也很短，露出了手腕。

"明天，晚祷之后，一个人到圣皮耶罗堡教堂来。"

我以为自己听错了。他说这句话时把声音压得极低，说完话掉头就走了。

"什么？你能重复一遍吗？我……"

他耸了耸肩，举起手来，似乎要拒绝我一样。

"自己算算手续费！"他有些滑稽地咕哝着，"皮耶塔的女孩自以为无所不能！美女，给一个仆从小费，拉拉小提琴是不够的！"

一个裹着斗篷黑大衣的路人不加掩饰地笑了起

来，他的身影遮住了那个匆匆赶往就近河道的小伙子的身影。转眼间，两个人都消失在大雾里。

我在排练的时候与波拉重逢了，因为我也担任其中的一个配角，出演苏丹的侍从。我的朋友似乎很痛苦。她脸色苍白，眼窝深陷，一看就知道整晚或数晚缺乏睡眠的缘故。由于寒冷，她紧裹着一条披肩，走到我身边坐了下来，把乐谱放在腿上，双手颤抖。

"波拉，你怎么了？"我悄声问。

"没什么。闭嘴，有人会听到的。老师……"

"他才不管这些闲谈呢。不要对我隐藏什么，我求你了。你知道我有多担心你吗？"

"好姐妹，我知道，所以我才不愿把忧虑扩散。"

"不要有顾虑啦。谢谢你为我着想，但正因为你不告诉我，我才更担心你。"

她咬了下嘴唇，我以为把她惹恼了。实际上，她在忍住眼泪。

"唉，露克蕾霞……你真好。我只求恶永远不会伤害到你……"

"你到底想说什么呢？"

"昨天晚上，我从剧院回去，迎面一艘小船斜着向我们驶来。本没有任何异常，要不是船夫太笨了或许是喝醉了，辱骂了对方，后来他们就打了起来，骂骂咧咧，你可以想象得出当时的情景。我的船撞上了桥墩，那时我感觉肩膀上被针扎了一下，不是很强烈，我以为被虫子咬了一下，后来，我就发现了这个……"

从披肩的褶子里，她拿出一把锋利的短箭。我小心翼翼地用两根指头捏着它端详。箭羽是黑色的，箭头处的凹凸不平让我注意到一个雕刻精细的小图案——一只张着嘴的鸟儿，吐出的舌头像一条蛇一样。

"没事的，没事的。就是轻微划伤，都没有流血。"我安慰她，继续追问。

"波拉，你是否意识到……"

她转过眼睛去。

"意识到什么？这是一个巧合。一个冒失鬼……"

"一个巧合？那么这个呢？这个标记也出现在你收到的那张纸条的签名处。你不认识它了么？"

"有人想吓唬我。"

"谁？"

她的嘴巴抽搐了，脸上、脖子上泛起一片红。我把手放在她的手上。

"你对我隐瞒了什么，波拉？"

"没什么。你知道的，我对你没有秘密。"

她的声音有些异常，然后她站了起来，把一张张乐谱抖落到了地上。

"老师示意我过去了。我们以后再说这件事。"

我感到忧心忡忡，听着她一遍又一遍地排练第一幕的最后一句歌词：爱人啊，你是我的希望。

尽管她有些疲倦，但还是唱得完美绝伦。也许过

于完美了，我为什么会纠缠于这种想法呢？歌曲从一
段爱的宣言开始：我的爱人啊，你是我的希望，是我
的快乐……从这段舒缓悠扬的旋律中可以看出罗莎妮
是一位纯真少女，袒露着内心强烈的爱。旋即，节奏
加快了，纯真少女声明，如果她的爱人取决于苏丹的
继承人塞林，她将不会忠于梅林多。当重新唱起第一
句词时，她加强了颤音和装饰音，似乎在嘲讽自己内
心的情感，厚颜无耻地承认自己的自私。眼色迷离，
装出一副举止谦和的样子，随后一个跟跄滑到了舞台
前面，似乎在向观众吐露真情，波拉将她的角色复活
了。老师为她喝彩。而我，没有等到上课，就离开了
大厅。我需要呼吸，需要奔走，逃离这个弥漫着假象
的闭塞空间。

　　当我来到圣皮耶罗堡教堂的门前时，晚祷刚刚结
束。来到这个城市的另一端，一个在我看来属于另一
个世界、另一个年代的偏僻街区，一路上我都担惊受
怕。害怕被跟踪，我徒劳多走了很多路，因为我没有
遇到任何的陷阱。教堂坐落在一个小岛上，据说是首

个被威尼托人^①占领的小岛。以前，这里曾筑起一道要塞，用来监视环礁湖和海运。但在三个世纪前，意大利共和国把这个小岛丢给了当地总督，因此，圣皮耶罗教区得以安居乐业。渔夫补网，妻子在门前绣花。她们注视着我，手里的活儿不停，冲我微笑着。风很柔，带来一股令人惬意的咸味。我也很想坐在钟楼的阴影下，闲侃几句，唱起一段歌谣……当我注意到由建筑师帕拉第奥设计的美丽圆屋顶时，我沉浸在对童年的怀念中。圣皮耶罗堡教堂是上个世纪重建的，所以看起来很新。歌声从半开着的门缝里传来，我耐心等候诵经的结束。漫步的愉悦悄然消失，留下的只是等待的煎熬。到底是什么重要的事情非要在这个地方说不可呢？

最终，教徒们三三两两地出来了。我回到门廊里，偷偷溜进大殿，低着头，像一个虔诚的教徒匆忙做了一个迟到的祷告。教堂几乎没什么人了。随着最后一拨人的离去，教堂陷入了宁静，空气中弥漫着烧香的气息和人群散去的余热。我仰望高高的屋顶，喃

---

① 威尼托人，居住在意大利东北部威尼托大区，首府是威尼斯。

喃自语，祈求主听到我的祷告，帮我卸下心灵的重荷，回归音乐的宁静中。

一声猫叫引起了我的注意，那是一只正抓着柱子的灰猫。我好奇地看着它跳到长凳上，弓着腰，将利爪嵌入板凳里。若是被圣器管理员看到，一定会挥着扫帚追赶它的。

突然，它的毛立了起来，嗖的一声逃走了，消失在黑暗中。有人来了。

我先看到的是他的黑斗篷。他用一块布遮住了脸，生怕被认出似的。

"这里只有您和我。您就这么怕见到我吗？"我笑话他，对他过度谨慎的装束感到既讨厌又有些害怕。

男孩用力扯下了布，露出他那双怒气冲冲的深蓝眼睛。

"我发现你真是放肆，收容院的女孩。你已经习惯了幽会是吗？我看你太嫩了，并不懂得如何去密谋。"

"教训我，你也嫩了。"我针锋相对地回复他，

"你为什么让我来？"

"为了给你捎个信儿，帮……帮你的老邻居。"

"你是说……"

"不要说名字。"

他巡视了一下我们靠着的那根柱子的周围，查看了边上的礼拜堂，最终，他才决定说话。

"你所说的那位女士要你放弃一切搜索。你要招惹的是比你大得多的势力。她说，这是鸽派和鹰派之间的斗争。何况你没有一点鸽派的特征。"他嗤之以鼻地补充道。

"说完了？"

"说完了。"

我怒火中烧。

"你在玩弄我吗？"

"喊是没有用的。我没有选择约会的地点。我不过是个送信的，像鹦鹉一样重复别人教给它的话。"

"事实上，是一只翅膀上落满灰尘的漂亮鸟儿。"

"很不好意思，它让你感到不舒服了。我要走了。"

他转过身去，我拽住了他斗篷的衣角。

"等一下。"

他在说最后一句话时的声音触动了我，让我感觉好像在哪儿听到过它。当我生气时，我的声音有时会一下从低音飙到我正常无法达到的高音。

"还有什么事？"

他不耐烦地敌视着我。

"你……你是一名阉人歌手，对吗？"

瞬间，我从他的眼睛里读到了对我的仇恨。

"这跟你无关。"

"不，跟我有关。被人发现死去的男孩……你认识吗？"

"放开我！"

他试图脱身，但被我死死地拽住衣角。我需要一个答案。

"我感觉他的死和我朋友波拉收到的纸条之间有某种关联。我无法向你解释我为何会这么想。难道你没看出来我们是奔着同一个目标去的吗？难道你不想看到杀死你同伴的那个人受到处罚吗？"

至少在今天，我不知道是什么促使我这般纠缠他。我没有任何证据证明他和死去的阉人歌手有关。但他的声音泄露了他的害怕和愤怒。如果他只是一个如他所说的送信的，他怎么会有如此反应呢？

我手里攥的衣角要被撕裂了。要是他跑掉了，一切就完了。

"我帮你复仇，我向你保证。"我悄声说道。

"你？"

他凝视了我良久，似乎试图透过我的外表发现我的内心。

"放开我，跟着我。"他叹了一口气，"既然你坚持这样的话，你将会发现……发现一部分真相。但我先跟你说好了，你在玩一个危险的游戏。如果你没命了，不要怪我。"

"如果我没命了，还怎么去怪你呢。"我巧妙地反驳他。

意想不到的是，他笑了。

"你真是一个奇怪的女孩，好啦，走吧。"

时间不早了，我就这样跟着安德烈穿街走巷，心中不觉有一丝担忧：如果我们继续这么走下去的话，等到天色漆黑的时候，我怎么回到皮耶塔收容院呢？大家以为我去剧院了，排练结束后就回去。两年前，有一个合唱队的女孩消失了整整三天，没人知道她是被情郎强行带走的还是自愿的。一天早上，她又出现在收容院里，头发乱糟糟的，一言不发，像个疯子一样。人们把她关在小屋里。透过二楼的窗户，我还能看到她的拳头紧握着门窗，张着嘴像是作无声的祈求。从那以后，没有人有她的消息。她变得怎样了呢？回到了情人的身边？还是在一个脏屋子里做针线呢？或者更糟，她沦落成为使意大利共和国臭名昭著的众多妓女中的一员呢？她是否感染了某种我们只敢私下提起的疾病死去了呢？我一直坚信善良是人的第一品德，但我始终不明白为什么人们可以以道德的名义去说一个人的坏话，甚至连死人都不曾放过。我将这一想法告诉了神父，他罚我长久的忏悔，因为我质疑了神的智慧。我做了忏悔，但内心深处并不安宁。事实上，我并不怀疑主的智慧，但对他使者的智慧就不然了。

由于陷入沉思中，我都没有注意到我们已经来到了威尼斯的犹太人区。我们沿着湖北岸行走，来到了古格丽桥上。我停了下来，因为我知道天一黑，人们就把栅栏给拴起来了。这就意味着如果我进入犹太区，那么我就只能第二天早上回来了。

签下我的流亡宣判书也好！

安德烈看到我没有继续跟着他，又折了回来。

"快点。"他用嘴吹了一下口哨。

"我不能……栅栏……你应该知道……"

"这就是你的全部勇气？我以为你准备不顾一切找出那个恐吓你朋友的人呢！"

"如果我被赶出收容院的话，我就帮不上她什么忙了。"

也帮不上自己了，我扪心自问我为何感到恐慌，是担心自己的安全吗？不是，我既不怕苦难也不怕被抛弃。只有要我放弃我的音乐梦才会让我感到害怕。没有音乐的生活……再也不能触摸我那大提琴的如丝一般光滑的木板，不能拉我的琴弓，再也无法全身心地感受共鸣箱传来的音乐，尤其是，尤其是再也不能歌唱！……现在我刚品尝到拥有乐器的美妙，我还有很多要学习！只能独自一人跟着纺车哼唱，歌唱技艺无望提高，也不会有人来聆听，永远只是个初学的歌手，这是最让我感到害怕的事。

我觉得自己是个胆小鬼。

那个男孩似乎察觉出我内心的不安，他用一种安抚的语调对我说：

"我们不会待太久的。我向你保证我会一直把你送到皮耶塔的，并保证今晚你不会有事。"

我真想折回去，躲到那个我从童年到青少年就一直住的院子里，继续做自己的事，忘掉一切。这个建议曾经有人给我提过，是理智状态下做出的选择。红发神父帮我培养那连我自己都认为难听的"船夫的嗓门"，使我的未来充满了希望。我生活的圈子扩大了，不只是幽居在收容院里给更小的孩子做音乐启蒙老师。也许，有一天，我也能登台歌唱。那时，我会去旅行。我会去米兰，去那不勒斯，去罗马甚至还会去巴黎。繁华的大世界向我走来。

那么波拉呢？你要抛弃她了吗？我心底响起了一个声音。

我会暗暗地照看她的。

你不会总在她身边。

要害她的人会感到厌倦的。

当他们获得了他们想要的一切，那时，你不要蒙住脸。

两种不和谐的想法占据了我的内心，像夏天里成群的黑苍蝇一样纠缠着我。我摇了摇头，向前走出了一步，接着第二步。我已做出了选择，将自己的安全置之身外，管它风险和不测。

午夜

这次，我获救了。我颤抖得厉害，以至于纸上的

五线谱在我的眼里像波浪一样起伏跌宕。我裙子的下
摆被泥水沾湿了。明天或者稍后，待衣服干了，我会
把泥刷一刷，以免引起院里嬷嬷和其他伙伴的猜测。
现在，我还有些时间恢复一下，恢复那平静从容的
脸庞。

然而，我却不知道我是否做得到。

犹太区……我从未进去过！他们的房子出奇得
高——有时可以达到九层楼那么高！——以至于它们
庞大的体积对于行走在河堤上渺小的行人来说有些压
抑。老鼠四下逃窜，猫叫声打破了居民区的昏暗。一
家家小店用鱼鳞板隔开，俨然一座座藏着危险秘密的
坟墓。

我们走进了一条比其他几条都要幽暗的人行道。
为了不被绊倒，我抓住安德烈的斗篷，这次他没有提
出抗议。他敲了一扇门，许久，有人操着外语低声说
了几句。他也用同样的语言回答他，于是门开了。

"快进来！"那个人压低了声音说道。

一丝昏黄的光线照在地上。见我犹豫，安德烈一
把把我推了进去。窗帘被拉开了。

我们位于一间低矮的房间里，屋里很暗，因为只有两个烛台用于照明，烛火依稀要被吹灭的样子。在房间的尽头，透过破碎的帘子，可以瞥见一张床。屋里全部的家当也就是一张桌子，一个箱子和几把椅子。在房间的一角，我还注意到一个工作台，我一眼就认出了上面堆放着的工具和模具。刚刚带我们到他家里来的那个人是一位乐器制作师。架子上还放着一些制作到不同程度的乐器。乐器制作师中等瘦削身材，穿着一件满是补丁的羊皮袄。

一个女人坐在桌子边，她两手交叉在胸前，好像很闲的样子，但她并没有把头转向我们。她的额头上有三道深深的竖纹，脸色暗淡，还有黑眼圈，显示出一副体弱多病的样子。

"摩什和弗朗西斯卡是那个在岸边被找到的男孩的父母。"安德烈小声向我解释。我忍不住吃了一惊。

"他们为什么不让人知道呢？"

"相信我，因为没人愿意听他们诉苦。这件事被迅速压了下来……一些极有势力的大人物掺合到了这件事中来。"

　　那个女人始终没动一下。我想，她一动不动，承受的痛苦也静止了一般，一点儿动静就有可能把她的灵魂拉回到现实中来，使她歇斯底里。

　　男子重新坐到女人的旁边，把手放在她的手上。

　　"我们的儿子从小就有一副天使般的嗓音。"他开始说道，"那声音如此清澈，听到它，我们感觉像喝到最纯净的泉水一般……您也看到了，我们并不富有。我制作的小提琴也只能满足乡村音乐家的需求……我没有天赋，只是一个老实的手艺人。那时，福斯蒂尼先生还是歌剧界当红的一位唱女高音的男歌手，他来建议我们同意他把托马苏收为学生，指导他将来的演唱事业。出于诱惑，我们同意了，因为这样可以保证他将来过上更好的生活……他不会再过苦日子，还可以出名……我们就这样被说服了。托马苏那时 11 岁。对于他那个年龄段的人来说，他算是很大的了。福斯蒂尼先生催我们给他……做手术。他说，等下去就是疯了。不做手术的话，某一天，这么美的声音在变声期会沙哑，会破音……"

　　他开始气喘吁吁，眼眶里噙满了泪水。

"他紧紧拽着我的袍子，哭喊，求我们放了他。"那个女人接着说道，依旧保持一动不动。"可怜的娃儿，他不愿意啊！我们一遍又一遍跟他说这是为他好。我们真是蠢货，昏了头以为把他扶上光明大道，实际是把他往死里逼啊。"

"好在，他痊愈了。"父亲接着说，"我们细心照顾着他。一旦好起来，他的老师就会来接他。"

"你真不该让他走。"他的妻子嘟哝了一句。

"留在这里，他毫无未来可言。"

我忽然明白他们已经不止一次这样指责对方，另一方再做出辩解。也许自从他们的儿子死后，每天都这样。

"他渐渐好了起来。当他来看我们时，这是极少的情况，我要他唱首歌给他妈听听。多么美好的事情。有大师保护着他。他似乎很开心。他穿上了好看的衣服……后来……"

乐器制造师沉默了，万分沉重的样子。安德烈接着说：

"露克蕾霞，看看他们，看看这些人吧，他们连命都无法保障。托马苏的靠山，通过他的一个手下，威胁过他们。他们必须对儿子的死保持沉默，不准报官，否则就没命了。"

"我们准备离开威尼斯了。"男子继而说道，"三天后，我们将去法国。听人说，普罗旺斯有几座城市很欢迎我们这样的教友。那边已经有人在等着我们了。"

他苦笑了一下，难掩内心莫大的悲伤。

"受到迫害的人会相互搀扶，这尚且是事情好的一面。"

我感到愤愤不平，转头问安德烈。

"那我们就什么都做不了吗？威胁他们的人在哪儿？叫什么名字？"

"知道他的名字会把您吓着的，会让您睡不着觉的。"女人低声说。

"至少回答我一个问题……他和那些在船上伤害我朋友波拉的人之间有什么关系？"

"波拉？谁是波拉？"乐器制作师重复道。

"一个年轻的女歌手。"安德烈回答道。

"他讨厌女人。讨厌她们的身体，讨厌她们的笑声和她们的嗓音。他想把她们通通赶出威尼斯的舞台，换上阉人歌手。只有天使的声音才可以表达美……这是托马苏的话。他已经酝酿了一个阴谋。"

女人耸了下肩膀。

"我本不该只字不提，但现在，我连死都不怕。我倒求他早点让我和我的儿子团聚呢……托马苏已经听说了红发神父的新歌剧了……"

"维瓦尔第神父？"我问道。

"是的。它永远不会上演。"

10月1日

排练一场接一场地进行着。我还未敢跟老师说。我对他说什么呢？我发过誓不会说出托马苏父母的名字。尽管他们马上要走了，但害怕有人会报复他们整个社区。此外，我还不知道命令他们不许声张的人是谁。

安德烈知道。他爱托马苏，托马苏也爱他。但他拒绝告诉我他靠山的名字。他说，告诉我的话，就等于签下我俩的死亡宣判书。

10月2日

波拉病了。被那把短箭划伤的伤口感染了。她不得不待在家里。我恳求院长让我见她一面，但获得这种许可不是痛快答应的。

"您把整个城市都跑遍了，我的女儿。"院长批评我，"我知道维瓦尔第神父把您留在了剧院里，但我还是忍不住为您担心……如果您这样满世界乱跑的话……"

她那双失神的眼睛窥伺着我，仿佛想读懂我的内心。

"露克蕾霞，您不是为整个世界而生的。我曾希望您做我们院的修女。我知道由主挑选他的选民。您不要让我失望。"

说完这些话，她让我走了。我跑向波拉的哥哥家，在圣乔卜河边的一栋房子里。房子每一楼层的正面都用并排的三扇窗户装饰，屋檐下，有一条连廊可以在户外乘凉。我就是在这里找到的波拉，她躺在一张床上，腿上盖着一件斗篷。看到我，她精神有些振奋。

"露克蕾霞……看到你真好……"

"你怎么被放在这种地方！"我喊道，"我来帮你弄一弄……"

没用多久，我帮她把身底下铺的好几床垫子整了整，用橙花水把她的脖子和额头擦了擦，又打铃叫佣人弄一杯药茶来。外面下起了小雨，这个敞口的连廊也一片潮湿。

"你不想进去吗？我担心你这样一动不动地躺着，得了伤寒。"

"不。我在这里很好。我可以呼吸新鲜空气，在屋里我觉得闷得慌。"

她的脸被颧骨上两颗深红的痣显得气色不错，但从她那沙哑的声音可以听出她发着烧。

"你看医生了吗？"

"我哥说看医生没用的。剃头匠已经清洗了伤口……"

"剃头匠！为什么不找一位只会在战场上截肢的军医呢！真是疯了！你哥哥就怕花钱，他真该替你想想！"

"我知道，我的好姐妹。"

一阵干咳使她晃动了几下。当咳嗽平息后，她用我递给她的毛巾擦了擦湿润的额头。

"我不能再唱歌了。"她喃喃自语，"这正遂了给我写纸条的那个人的心愿。我千不该万不该把那张纸条给你看……"

"为什么这么说？"

"我了解你，露克蕾霞，你跟小时候照看我们的波佩图阿嬷嬷一样固执。你还记得她吗？"

我当然记得她！波佩图阿嬷嬷总能够发现我们背着她干的小把戏，她的鼻子像狗鼻子一样灵敏，搜寻每个隐蔽的角落，用她那双长得又小又紧密的黑眼珠子紧盯着我们，她会复原作案现场并能让最顽固的分子招供。脑海中浮现着她的形象，我不禁笑了起来。

"你就这么看我的吗？"

波拉也露出苍白的微笑。

"不完全是。但你跟她一样的固执。我听说……你问了一些问题。问了很多的问题。"

我吓了一跳。

"你怎么知道的？"

她耸了下肩膀。

"这不重要。但我知道，为了我的安宁，我的身体考虑，你必须停止这么做。我没说为了你自身的安全，因为我知道你根本没考虑它。听到了吗？如果你爱我的话，露克蕾霞，闭上嘴，忘记它。"

我彻底慌了神，倾下身来，蹲在她的床边，紧追不舍地问她：

"波拉，你是不是又收到了其他的纸条？纸条呢？给我看看。我向你保证……"

"不要保证了！"

她几乎喊了出来，目光坚毅，直盯着我。

"我需要你做的只是保持沉默！你还不明白吗？

正是你乱来才我使我陷入危险中。老师注意到了你，给你上音乐课。这对你来说是意料之外的。好好把握机会吧，露克蕾霞，不要浪费时间胡思乱想了。"

起风了，她把斗篷拉到了胸上。

"走吧，求你了。不要来看我了。我被照顾得很好。"

"我并不觉得。我……"

"你总以为自己什么都知道，实际你不过是一个可怜的瞎子。走吧，我们的童年结束了，我也不再需要你了。"

10月3日

今天，我的嗓音如同制作拙劣的钟声一样，发声练习时无精打采，气息也沉闷。维瓦尔第神父开始发飙了。

"重练！"一刻钟练习后，他冷冷地抛出这句话，"我不知道你在想什么，露克蕾霞，但它一定不比音乐更重要。"

我喉咙一紧，点头默认。

"对于你来说，除了音乐，其他一切都不重要。"他握紧拳头，一字一顿地说，"你的身体，那注定要腐坏死去的小身体是一座只能装有音乐的庙。还有对主的畏惧。"为了问心无愧，他补充道，"你是一棵树，任风吹打，在风中吟唱！你是一支长笛，被神气吹拂过的长笛！集中你的注意力！"

我再下功夫，但效果并不明显。透过他的表情，我看到他变得愈发激动了，昔日苍白的脸一下子涨得通红，鬓角处青筋暴起。

"够了！"他最终吼道，狠狠地拍了下羽管键琴，琴键发出一声不和谐的声响。"天哪，你是怎么了！你的声音像一只被拴在木桩上，供狼取乐的山羊发出的声音！"

我抑制住自己的泪水。

"我……我最好先走了。"我低声说，"请您原谅。"

"别，这太容易了。"

他站了起来，拉着我的胳膊，把我带到了打开的窗户前，尽管这些天，威尼斯刮着冷风。当他仔细观察我时，一阵水雾打到我脸上。

"你哭了。你为什么要哭？"

"您不会明白……我是如此不幸……"

"我们做到啦。啊，真棒！"

他突然变了情绪，几乎要笑起来了。我吃惊地看着他手舞足蹈，朝着一张放满谱子的小桌子走去，从一沓纸中抽出两张递给我。

"你把这抄一遍，好好抄，求你了！你将学习它。要么此时，要么就永远别想了。它不正是为你而写的吗？"老师欣喜地说道，"过几天，我会把它加到歌剧里……我本想着把它给一个阉人歌手唱……但我现在认为我还是更愿把它给一个女低音唱。"

我默念着歌词：

我感到我那恋爱的心融化在一片泪雨里了。别哭了，因为泪水无法抚平你的悲伤。

我感到吃惊。

"怎么了？你没什么可说的吗？你不满意？或许你厌倦了练习？"

被他这样紧追不舍地问，我无法再隐藏内心的彷徨。

"我永远都唱不了它……您弄错了。我不是在恋爱，而且我也从没谈过恋爱。"

"废话！你感到痛苦，我看得一清二楚。这种痛苦使你变得更美了。我早怎么就没发现呢？你现在很美。你的身上燃烧着一团火，彰显着庄严。好好享受吧！你的痛苦是一团泥，任你揉捏，直至完美。这样，你也会从痛苦中得到痊愈，并将它化作一件艺术品！"

"我不明白。"我小声说道。

"如果你不明白这些，你将永远无法成为一名真正的音乐家。"

他坐到琴前，抚摸琴键。

"不要吝惜自己。"他接着平静地说道，"也不要对那些将会听你歌唱的人吝啬，给予你的一切——或者什么都不给，从此闭嘴。给予他们你的梦想，你的欢乐和你的希望。给予他们你的泪水，你的呐喊和那让你夜里嚎啕大哭、浸湿枕头的悲伤……给予他们你的疑虑，你的坚定和你的弱点，你的跌落与起伏！音乐里装满了这一切，它能够抚平伤口。没有音乐，我们如何能承受得住我们的痛苦呢，露克蕾霞？"

他沉默了下来，然而他的话却萦绕在我的心头，我的心里涌起一阵莫名的感动。

晚上9点

我曾经只为满足自己，为自己的幸福而怀揣过音乐梦，我还未想过音乐可以给他人带来什么。今夜，躺在床上，我睁着眼睛面对着压在我身上的黑夜，思索假使我这双手不曾碰过乐器，我的生活又该会是怎样。也许我会怅然若失，颓废终身。我会生活在一片漆黑里，任何的黎明都照不进来。

　　威尼斯就是音乐……正是因为这个原因，几个世纪以来，众多的旅行家们才在这里驻足的吗？

　　当人们既不能歌唱也不能演奏时，音乐就是一剂香薰，因为它能激起欢乐；音乐是一剂药，因为它能抚平伤痛。

　　我想成为这个奇迹的传播者。我想将我心底所有的痛苦连根拔起，将它熬成一剂药。

　　因为我的痛苦正是我的爱。

　　在学会读书、学会识谱前，我们曾经相伴长大。波拉，在唱歌前学过羽管键琴。在她演奏的时候，我注视着她那纤细的脖子和随着音乐节奏轻轻摇晃的脑袋时，便产生了一种永远保护她的欲望。

　　我俩的生命从此联系在了一起。

　　但现在她拒绝了我的帮助。她的门永远对我关上了。为什么呢？为什么呢？我的好奇心真的使她遭遇危险了吗？我从负罪感转向了愤怒。

　　我无声地抽泣着，弄湿了我的帆布床单。再也没人听我倾诉了，再也没人使我相信孤独不过是短暂人生的一部分了。

那我还有什么呢？还有音乐。

我抓着维瓦尔第神父给我的纸，像一个饿死鬼扑向他人施舍的一小块面包。我照着它抄了一遍又一遍，只为确保自己可以永远保留一份样本。这份曲谱是我的救生板。

我终于要唱歌了。

10月4日

为了记熟谱子，我一大早就把自己关在一间我们排练的屋子里。那里有几架羽管键琴，尽管我对琴键摸得不是很熟，但我已经掌握了基本的弹奏技巧。

摸着黑，我点了一盏烛台，光线照在了曲谱上。黑夜里，它们成了我聊以自慰和栖身的小岛。

低音古琴的琴弦拨出的声响未能唤醒我的身体，而现在，它开始颤抖了。

我感到我那恋爱的心融化在一片泪雨里了……
旋律很简单，伴着西西里歌曲的节奏，是一首容易记住、白天干活时自然而然会哼唱的那种歌儿。歌曲表达了淡淡的忧伤，似乎出于某种羞涩，抑或缘于初尝爱情的滋味。

我已哼唱了好几遍，又担心会把伙伴们或某个嬷嬷吵醒，因为那时天还蒙蒙亮，一切都静悄悄的。这种压抑对我来说也是一种折磨。

在复唱部分，我会唱得舒缓些，好像在经历了第一次巨大的伤痛后，慢慢得到了愈合。第一部分慷慨激昂，最后几乎趋于平静。

我将唱出一种解脱，虽然我还未体验到这种解脱。

10月7日

昨天在剧院的时候，我似乎在配角中见到了安德烈。我离舞台远远地站着，因为波拉在排练，我不想在她没有向我示意的情况下靠近她。这种示意，我曾期待过，但它没有来。正当我准备带着沉重的心情离开的时候，我注意到后台有一个熟悉的身影。戴个假发，涂点粉在脸上可以使人无法再认出那张脸，可是姿态和步伐却乔装不了。我正要向包厢走去，那个身影却消失了。是我产生了幻觉？我真的这么以为。但今天，在等大师得空给我上课时，我感到一只手放在了我肩膀上。

"不要回头。"他悄声说道。

"安德烈？"我也悄声问道，"是你吗？"

"是我，我来提醒你一件事……在这里，没有人会注意你跟红发神父讲话，但我却不行。"

"提醒我？什么事？"

"这场歌剧的首演是在本月12号，是吗？"

"是的。你在这些配角中干什么呢？"

"我来接替一个……一个最近不能走动的朋友。但这不重要。好好听我说：首演当晚，将会有一个主角缺席。我无法告诉你是谁。"他继续说道，"我自己也不知道是哪个。"

"是波拉吗？"我提示他。

"我说了不知道。露克蕾霞，告诉你这些，我自己也冒着风险。通知维瓦尔第神父，让他的演员长点眼，安排可靠的人武装好在身边陪着。我不能说太多了。走了。"

"等一下。"

等我转过身来，他已经消失在漆黑的回廊里了。

10月8日

晚祷结束前，我都没有机会靠近维瓦尔第神父，只能焦虑不安地拉着琴。祷告结束后，我一直盯着他。但他忙着接待那些前来参加我们演奏会的达官贵人，忙着跟他们相互恭维。这种等待很煎熬。我真想喊他一声，但出于尊重，我不能这么做。我急得跺脚，心烦意乱，突然灵机一动。我深吸一口气，张开嘴轻轻地吹了一个尖哨，对于一个高音歌手而言，它很容易实现，但对于我来说是冒险的。它在拱顶下产生了回响。我的大胆奏了效：红发神父像被蜜蜂蜇了一下似的跳了起来。他嘴里咕哝了几句，向谈话者深深致意后转过身来。当他走到我跟前时，一脸的杀气腾腾。

"你疯了？"他气急败坏地说，"怎么个意思？你自以为是第一夫人了吗？你自以为我是你勤恳的仆人，任你招呼吗？"

"大师，我才是您卑微的仆人。"我悄悄说道，试图哄他一下。"若不是有要紧事，我断不敢这样打扰您的……"

"要紧事？什么要紧事？不要把我惹毛了，小丫头。说说，到底什么事！"

我断断续续地把安德烈告诉我的讲给他听。

"荒谬！"他吼道，"你就是为这个事鬼喊鬼叫的？我一点儿都不信。但有一点倒让我很开心：你的拖长音很完美，几乎很完美。"

"跟我的拖长音有什么关系呢！"我绝望地喊道，"您的一名艺术家，我不知道是哪一位，将面临极大的危险。"

"你这个傻子，什么都信！"

"才不是。"

　　我大致把近期发生的事跟他和盘托出，包括波拉收到的纸条以及她在船上受到的袭击，年轻阉人歌手之死，我的犹太区之旅……

　　"够了！"他最终嚷了起来，"关于这个故事，我什么都没听到。"

　　"这不是一个故事！"我也嚷了起来，"您要听我说吗？我是经过思考……"

　　"哦，你思考过？真是条新闻啊！"

　　"是的，我思考了一段不短的时间。"

　　"悲剧就在此。你们这些女人，一闲下来就琢磨着怎么散布传言。"

　　"难道男人不一样吗？你们一闲下来就打架。您认为这更好？"

　　突然，他大笑了起来。他情绪的转变总是让我很吃惊。

　　"哦，你真是巧舌如簧！这很好！有个性！我会弄点事情给你做的。走，去那边，心平气和解释给我听。"

　　在伙伴们好奇的目光下，他把我领进了圣器室。也许，她们以为我的良心罪孽深重，等不及去忏悔以解脱自己。随她们怎么想吧。

坐在充满了大蜡烛和地板蜡香味的屋子里，我的脑子重新恢复了清醒，可以更清晰地表达自己了。

"那个大老爷，我不知道他的名字，召集美妙的声音，但他讨厌女人。他聚了一帮年轻人在身边留待培养，如果谁的才华平平，他就打发了他。我几乎可以确定安德烈就是这些年轻人中的一个……也许托马苏并不是唯一一个被他铲除的……是不是他造反了呢？威胁着要把知道的一切都抖出来呢？很有可能。我说的那个人极有权势，受他淫威的人整日提心吊胆。他认为，一个女歌手，不管是否演反串，都该被阉人歌手取代，多么卑鄙的想法！他已经决定搞一次大的行动。如果没有人干涉他的计划的话，《真相危机》将永远登不上舞台……"

仅此一次，维瓦尔第神父一言不发地听我讲话。他扯着衣袖，忧心忡忡的样子。

最终，他开口了："我本想拒绝听信于你。让你回去做你的针线活，或抄谱子去。但是，你所说的让我明白了另一天发生的一些……一些意外。"

"什么意外？"

"为使我的歌剧在本季出演不成，有人试图恐吓圣安其罗剧院的办公人员。别人以为我不知道这事，我也不晓得是谁策划了这桩龌龊的事。这还没完：一天晚上，一个布景工企图在布景上放火时被当场抓住。露克蕾霞，我之所以发怒，是因为你所陈述的使我坚信这两桩麻烦事之间存在某种联系。"

他两手交叉，陷入了沉思中。

"怎么办？如何挫败那个神秘人物的阴谋呢？"

"您是否可以通知一下……"

"我不能引起演员们的恐慌。好，我会听从你朋友的建议，安插一些人在剧院周围巡逻并暗中保护这些女歌手。谢谢你，露克蕾霞……现在，快点回到皮耶塔去，忘掉这些。我会处理好一切的。"

忘掉！我也想自己可以做到这一点啊！

10月9日

我回到了属于我的围墙里，像一只被关在笼子里的鸭子。我担心红发神父根本就不把我透露给他的阴谋放在心上，担心他的防范措施做得不够。

如果我知道是谁在捉弄我们该多好！如果我能够揭开这个把音乐爱好沦为杀人激情的疯狂幕后指使者的面纱该多好！

下午2点

负责图书馆工作的卢霞嬷嬷见到我很开心。

"露克蕾霞！你终于决定读读经典作品了？我有一本教堂神甫的好译本……"

"嬷嬷，我太无知了，无法接触这些高深的主题。"我诚恳地回答，"下次，我肯定会找你帮我推荐一些书。但今天，我来是想向您咨询别的事……"

她向我投来严厉的目光。

"你要知道，没什么比虔诚地读书更重要！你们这些年轻人啊……脑子里只想着些乌七八糟的事情。好吧，不说废话了，你找我什么事？"

"嬷嬷，我想了解威尼斯大家族的徽章。"

她仰面朝天。

"你为什么会对徽章感兴趣？你幻想着能进入这些自共和国成立以来就统治我们的某户贵族人家里吗？要是这样的话，你真是白日做梦了。"

"我知道，嬷嬷。况且，我并不打算结婚。我只是想……想更好地了解威尼斯的历史。"我有些可怜兮兮地说。

显然，这是个蹩脚的谎言，但卢霞嬷嬷并未识破它。她长叹一声，走向一排放着破损精装书的书架。

"我想我不该对你的动机刨根问底。我们找找看……好啦，我找到你要的书了。"

她抽出一本厚厚的对开装订本，书页散发着轻微的霉味，她将它轻轻地放在桌子上。

"今天光线挺好。你手干净吗？给我看看……还行。要当心啊，不要把书页弄卷了！也不要用口水把它弄脏了，这是一个令人讨厌的习惯。"

在絮絮叨叨交代完后，她最终把我一个人留在那里。我开始慢慢翻看这些有些发黄的书页。我的想法很简单：如果正是那个"收藏家"用张嘴的鸟形图案签署每一封恐吓信，他一定极有权势而且不担心会被认出来，因为他带来的恐慌足以使收信人闭嘴。因此我们可以推断那只吓人的鸟会以这样或那样的方式出现在他的兵器上。但我并不认识所有威尼斯大家族的徽章。我认得摩契尼哥家族的蓝底金玫瑰徽章，认得科罗纳家族的置于银柱上的花环徽章，皮萨尼家族的狮子徽章，雷佐尼科家族的双塔徽章，见过金色圆形、狮身鹰头、双马相迎等徽章，就是没见过鸟形徽章，除了鹰。

我又翻了几页，浏览着图案和相关的描述。天色渐渐暗了下来，我的眼皮也开始打架了，但我一无所获——又一次失败了。

卢霞嬷嬷不知道去哪里了。我站起来，舒展长久未动有些僵硬的四肢。徘徊在深色的书架间，偶尔摸一下泛着金光的精装书。我并不打算看书的标题，只是任自己的手指随意地滑过它们。突然，我感觉到两本书间有一处凹陷，原来是一本牛皮包的薄册子卡在了一部厚厚的论著里。我将它抽出来，书名是《论嗓音及其培养、使之完美的方法》。出于兴趣，我翻看了第一页。

我看到了它。

那只鸟儿被印在了书名页上，它的嘴向前伸着，像一只三角形的蛇头。

本书题名献给威尼斯一位有权势的富商，是他出资让作者写这本书并承担出版的费用。

作为这位商人的徽章，鸟——蛇的图案印在了每一册上。

我知道了敌人的名字。

10月10日

明天是总彩排。圣安其罗剧院站满了既非配角也非音乐家、亦非布景工的陌生人，这些人是女歌手们的保护者。他们无声息的存在让人感到压抑。这些人穿着打了补丁的大衣，聚在大厅的尽头玩骰子或靠着墙打盹。虽然打着盹却如又同野兽一般保持着警惕，藏在暗处发光的匕首亮出了他们打手的身份。

接替波拉的是一位来自贝加摩，名叫安娜·玛利亚·斯特拉达的年轻女高音。她似乎对这种保护感到更多的是骄傲而非害怕，其他的女歌手都难以忍受这样的监视。大家彼此间尖酸刻薄地相互恭维着，维瓦尔第神父不止一次发怒，后来爆发了一场争吵，最后握手言欢。假使形势没有这么严峻的话，我一定会觉得这滑稽的一幕很好玩。

我躲在布景后面，用从红发神父那儿借来的笔在膝盖上记下了这些。刚才，当我给他唱他让我抄写的曲子时，我似乎可以触摸得到手指下的曲谱，看得见专为我写的曲子在纸上庄重而柔美的舞动。

晚上7点

笔从手中滑落，在纸上留下一串墨迹，好像晾干的血迹。

在排练的时候，我突然听见剧院门口响起一声尖叫，准确地说是一声惊叫，声音如此尖锐，把我吓了一跳。其他的配角跟我一样的反应。维瓦尔第神父雇的打手掏出了匕首和剑，迅速冲到门外。

可惜他们已经太晚了。

唱梅林多的反串歌手科拉利被劫持走了！就这样光天化日的，在繁华都市里被劫走了！被两个蒙面人捆起来，像扔一卷地毯似的把她扔到了船上……转眼间，那只黑色的小船就消失在了密密麻麻的河道里，消失在类似的船队中了。那些打手把附近搜了个遍，什么也没找着。他们一个个灰头土脸地回来。神父，完全不顾自己的神职身份，狠狠地骂了他们。我趁他气喘吁吁之际，拽了一下他的衣袖。

"还有你！你让我永不安宁！"他彻底发飙。

"只要您的演员在唱歌时没有生命危险，我就不缠着您了！"我镇定地回答他，似乎这种镇定奏了效，他很快就恢复了平静。

"你刚好也看到了，我就要认出他来了……但认出来对我来说又有什么用呢？你还想干什么？"

"请您听我说。"

我们穿过骚动不安的剧院，因为服装师、布景工、配角、歌手个个都像刚从地震里死里逃生似的，来到了一间包厢里。

"那个'收藏家'对我来说不再是一个陌生人了。他叫加莱亚佐·隆吉，是一位大富豪。"说着，我把那天收获的成果拿给红发神父看，那是我背着卢霞嬷嬷从皮耶塔图书馆偷来的一本书。

"我听说过他，"维瓦尔第神父若有所思地说道，"我甚至曾想过请他帮忙别让圣安其罗破产，那是好些年前的事了。但他从未对我的请求书给予答复。"

"我有个想法。这是个有心计的人，因此他是不会把科拉利带到他住的地方的……"

"他的权力可以让他为所欲为。隆吉是触不可及的。"

"我们已经犯了一个战略上的失误。"我补充道，"主要由于一开始我们不知道他要攻击的对象是谁，其实猜到它很容易。梅林多一角，根据它所需要的标准，将由一位阉人歌手来演唱。我们打个赌，肯定会有人来向您推荐一位前途无量、才华横溢的年轻人，并且他很有可能会是我们敌人的培养人之一。"

"这很有可能。但……"

"我们就要在这一点上玩弄他。将首场演出推迟几天，安排我来演这个角色。"

他有些狐疑，近乎恐惧地看着我。

"你疯了！你的嗓音确实很美，但永远唱不了梅林多一角。我难道没有一遍又一遍跟你说过好的嗓音是需要多年的训练才能养成的吗？"

"你说过的，老师。对于这一点，我也同意。我一句都不会唱，只需要让大家知道我参与进来了。"

"嗯？"

"不用加紧戒备也不用弄得人心惶惶，只需叫您的打手暗中跟着我，到时就轮到我被劫持了……因为他不会就此罢手的，您要相信这一点。"

"你知道你冒着怎样的风险吗？你认为我会把你送到心存恶意的人手中吗？谁知道他们会对你怎样，在把你……"

我示意他不要再说了。我不像看起来的那般自信，也不愿听到任何关于我可能要面对的酷刑的描述。

"他们不会有时间对我造成丁点儿伤害的。我会脱身的,在他们还未……到那时,您也就拿到这桩阴谋的证据了。这样一来,您就可以自卫了。"

"我不想这么做……"

"您还有更好的解决办法吗?"

"没有。"

他埋头沉思。当他抬起头时,我知道我赢了。

10月12日

我猜得很准:一大清早,一位搽了粉、戴着翎羽帽的老爷浩浩荡荡地来到了剧院。随行的还有一位年轻人。这位年轻的陌生人,据他的靠山人或那个看起来像他靠山的人所言,有着"绝美的天籁之音"。他生来就是为了演绎这个惨遭命运捉弄、最不幸的角色……所有这些都是维瓦尔第神父跟我讲的,因为我当时不在那儿,上午我要留在皮耶塔做事。

"我请他唱一下。"他说,"确实,嗓音很美,训练有素，下了很大的功夫，音调准而且灵活，只是没有灵魂！他就是一架发声机器，虽然嗓音不一般，但跟会计的花账一样使人感到厌倦！我因此毫不客气地打发了他。'年轻人，去杂戏团唱去吧！我不喜欢搞那么多花招的演唱，大家也渐渐厌倦了这种虚假的东西。'他的靠山看起来似乎很生气……边走边嚷着我会后悔的。"

"您不能再等下去了，是时候宣布我的加入了。"

"露克蕾霞……"

"不要再商量了。这件事说定了。"

我害怕明天的到来。但我又想天快亮起来吧，结束这种煎熬的等待吧。

10月13日

昨天本该是《真相危机》的首场演出。演出被推迟了，没有给出解释。卖报的人可欢欣鼓舞了：关于红发神父的漫画传遍了大街小巷，上面画着他面对空荡荡的观众席，或肩背着窗户用木板封死的剧院，跟跟跄跄。这些只不过是别人带到厨房里给我看到的漫画。今早，我提议到那里帮忙，因为我需要一份活儿使自己忙起来以消除我的紧张情绪，但结果我的方法并未奏效。我择了菜，生了火，刷了锅，却没有使自己忘掉忧虑，也没有忘掉它的起因。

当我把满满两大桶水拎到皮耶塔大楼后面的小巷子上准备倒掉时，我听到有人吹了一声哨。我熟悉这种哨声：是维瓦尔第神父喊我练曲子时吹的哨声。想到这里，我吓了一跳，撒手了一个木桶，桶里的水泼到了我的脚上。正在这时，安德烈从墙角里走了出来。

"露克蕾霞，我有事跟你说。"他悄悄说道。

"看你干的好事！我的裙子被弄湿了！"我愤怒地回击他。

他脸对着天空，叹了一口气。

"纯属意外！"

在确定周围没人后，他向我走近，轻声说道：

"那个被推荐唱梅林多的年轻人……死了。"

我顿时感到一阵寒流侵袭了我整个身心。

"你确定?"我结结巴巴地问,顿时觉得自己很无聊问了这么个问题。

"我冒着险来就是为了吓唬你的么?人们今早发现的他,吊死在一家小酒馆门前。一个黑着脸的人把他拖走了。露克蕾霞,事情很严重了。你知道吗?你清楚谁会接手这个角色吗?维瓦尔第神父把他的打算告诉过你了吗?你们总在一起说悄悄话……"

"他给我提了一些建议。"我澄清自己,"我一点都不清楚他的计划……"

"我不相信你的话。不管怎样,告诉他他将选的那位歌手处于危险之中……将有生命的危险。那个'收藏家',是你给他起这个名字,不拿人命当回事。如果红发神父公开挑衅他,他会报复的。用血的代价。"

10月16日

今天,在剧院里,维瓦尔第神父宣布将由我出演梅林多一角。

"的确，露克蕾霞很年轻，"他假装妥协，"但她的音色很非凡。我是她的老师，因而有资格鉴定她嗓音的音域和灵敏度……此外，她已将这部剧里每个角色都熟记于心了。我要求你们齐心协力地帮助她。"

大家的反应很不一样：一些女歌手公开舒了一口气，因为每个人都看得出来，演梅林多的人是攻击的对象。将我暴露出来，维瓦尔第神父实则保护了她们。另有一些人对我侧目而视，因为这样的恩宠与偏爱本来会引起不安好意的闲言碎语。我敢保证从现在开始到今晚，大家会笑话我与神父之间的交易，他们认为那是一场罪孽的交易。当波拉被选中出演主角时，也是同样的流言蜚语。我都已经预先知晓那些人会中伤我的话。这些让人觉得一点都不舒服。

男高音是唯一一个鼓励我的人。

"好样儿的！"他高声喊道，似乎保证大家都能听到似的。"妞儿，你真有胆量。"

他在怀疑什么吗？我希望没有，他只是想支持我一下。如果他参与到保护我的队伍中来以保万无一失的话，那么他将搞乱一切。

那些受命保护歌手的人收到了明确的指示：如果有人企图劫持我，他们要假装经过一番搏斗后宣布投降，然后暗中跟踪劫匪，注意不要被任何人发现。其他的人将会来援助他们，直到发现我被关押的地方……

这个计划稳妥周详，似乎万无一失了。但一阵恐惧攫住了我，使我无法摆脱。回到了皮耶塔，我还要忍受伙伴们那酸溜溜的恭维。

"红发神父眼睛里进了玉米糊了吗？"其中一个噗嗤笑了一声，丝毫不考虑我是否听得到。"雇用这样的一个丑姑娘！她会在台上演什么呢？"

"她将唱反串，"另一个悄声说道，"反串最适合她了。男式紧上衣和男短裤要比裙子更适合她。"

"你想说男士头巾和军刀吧！你们能想象出她唱爱情二重奏的场景吗？"

又一阵哈哈大笑。真是一群母鹅！

修女们都避开我。对于她们来说，我已不再是收容院的人了。我按规定为皮耶塔服务了十年，培养了两位贵族小姐，这是规定。但如果我从这里走出去登台表演，我将领不到给合唱队女孩发的嫁资了。即使那些离开了我们并出嫁了的姑娘也要以书面形式保证以后不从事艺术活动，除非在家里。

她们以为给我的报酬足以使我抛弃生活过的家园吗？

说到底，这场弄虚作假还是很有教育意义的……

10月17日

明天就是大彩排了。神父和我都祈祷着我将无法参加彩排，因为在我还未走进圣安其罗剧院前，劫匪一定在搜捕我了。如果他们没有行动的话，我将处于极度的尴尬中，因为仅仅通过听剧情和抄写剧本，我其实并不十分了解戏中的每个角色，况且我自己也感觉尚未达到演唱梅林多所需的技艺。如果那样的话，我就只能装作感冒了，这个老套的借口肯定会引起大家对我的嘲讽。

如果安德烈在这里的话，他会耸耸肩，批评我：

"出洋相了吧！看你怎么回应他们的看法。"

原则上，什么都不作回应。事实上，我宁愿死掉也不愿被这些真正的艺术家们瞧不起。

10月18日

要不了多久，教堂的钟声就要敲响了。几个小时前，我就已经起床，穿戴整齐准备出发了。除了收容院的校服，我没有其他的裙子，何况我不需要把自己装扮得不像自己了。我在椅子上叠好了自己的披风和围巾，带上了我的曲谱。

我把这一捆记载了我情感的旧皮纸留在这里，收在了床垫下。我要去的那个地方，将没有纸也不会有墨……

将来某天，我还会回到这个伴我度过童年、讲述我经历的地方吗？或者我最后被扔进了某条河里，尸体已经腐烂，浮肿地让人认不出来我了？

我好久没有做过祷告了，因为我觉得尽自己最大努力去演奏别人给我们的片段只是一种崇拜[①]，祈求有什么用呢？我不喜欢这样。我感觉听到了波拉的话："你太骄傲了，露克蕾霞，你太骄傲了。"然而，一些含混的字眼涌到我的嘴边，那是遗忘已久的字眼。

怜悯下吧。怜悯我吧。

10月19日

"我要去的地方，将没有纸也没有墨。"昨天我在日记里记下了这句话。我刚又在熄了火的壁炉隔板的后面找到了好几摞被揉皱的纸，那是一些文书的草稿，几乎看不清字迹了。幸运的是，仅仅纸的一面被写过了。一小段木片，沾点灰和口水，我就可以写了。如果我的笔迹潦草，也没人会指责我。

今天早上，我从皮耶塔的正大门走了出去。两个

[①] 作者这里指的是皮耶塔医院里，合唱队女孩儿要演奏的经文歌或祈祷歌。

伙伴送我们出门，怀里抱着各自的小提琴。我找借口走在后面，跟她们说我要买一根丝带把头发扎一下。

"你变臭美了嘛，露克蕾霞。"瓦朗缇娜格格地笑。

"哪来的钱？"安娜问我，说话一向直接。

"神父给了我一点。"我答道。

"已经给了。是预报酬吗？这下好了，亲爱的，好好利用你的幸运吧。我们要走了。"受打击的安娜说道。

她们转过身去，窃窃私语，回头向我投来冷漠的目光。我不由得感到心头一紧。想到这不过是一场假戏也没用了，因为她们的愤恨已经伤到了我。

但随即另一个想法代替了这种受伤，有人跟踪我吗？他们会从哪个方向袭击我呢？他们会用袋子套住我的头吗？会给我一棒吗？只有一个护卫跟在我后面，假装无所事事的样子，但我知道他会故意跟我保持一段距离，因而我加快了步伐。每栋房子似乎成了贼窝，每条街像一头怪物张大了嘴，随时会把我吞掉。

我继续向前走，不敢左顾右盼。我甚至不得不唱一段将由我来扮演的梅林多的曲子，要绝对心平气和地投入表演中……但此时，一股风暴席卷着我的内心，疯狂的恐惧侵蚀着我。我曾想丢掉曲谱，飞快地逃回收容院那厚实的围墙里，躲到安全地带。

但现在为时已晚了，因为我听到了一阵脚步声，一声闷叫伴随着一声落水声——他们刚把我的"保镖"扔进了河里。我转过头，再也无法掩饰内心真正的恐惧——两个蒙面人朝我扑来。其中一个用湿布盖住了我的脸。一股香气迷住了我，我感觉脚离了地，人也失去了知觉。

中午

我听到好几个教堂的钟声同时响起——中午12点了，我知道自己还在威尼斯，因为我听得出安康圣母教堂①的钟声。这说明他们没有用轿车或船把我送出城，而我正害怕这一点。

醒后，我发现身处的那个房间虽然年久失修，却依稀残留着昔日的辉煌：除去镀金的镜子边框，颜色暗淡的漂亮彩绘地毯，被烟灰熏黑的壁炉，没有窗帘。窗户用挂锁挂上，我白费力气用手企图扳开它。听不到任何动静也听不到任何脚步声和人说话的声音：隔壁的房间应该没人住。

壁炉前有一张床垫，我躺在上面，还有一个凳子和一个水桶，我猜这是为了方便我上厕所吧。除此之外，就没有别的家具了，也没有被子。今年的秋天多雨，我蜷缩在披风里。我到处搜了个遍，终于找到可以写字的纸还有一块上在保险箱的马蹄铁，虽然已经完全锈掉了但还很锋利。我把它藏到上衣里，也许在必要时这个临时的武器可以救我一命。

天色逐渐暗了下来。我已经几乎看不清楚写下的

---

① 安康圣母教堂是威尼斯巴洛克建筑的杰作。在 1630 年黑死病肆虐之际，共和国政府决定兴建此教堂献给圣母玛利亚，由著名设计师巴尔达萨雷·隆格纳设计，正式落成于 1687 年。

字了。没一个人来过。红发神父的人把我跟丢了吗？

我努力进入梦乡。

10月20日

依然什么都没发生。我又饿又冷。"收藏家"决定把我扔在这里慢慢等死吗？

10点

我以为听到了隔壁房间里有人走动的声音。我敲了敲隔墙，却没有任何回应。也许是一只老鼠吧，威尼斯到处是老鼠，哪怕最有钱的人家也避免不了。

时间随着或远或近的钟声一点一滴地过去了。现在轮到饥渴来折磨我了。我不断地用舌头舔舔干裂的嘴唇。

下午2点

我无法忍受这种等待了。他们早就该来救我了……

隔壁又有动静了。是一种抓东西的声音，从壁炉里传来。我跪在壁炉旁，贴着厚重的铁板，叩击了几下：随即又是一片沉寂。

如何知道它是一只动物还是一个人呢？

下午5点

我开始唱歌。起先是轻轻唱。但由于嗓子很干，我唱出来的声音是沙哑的。后来，我的声音大了起来。但唱的歌没有歌词，只是练声曲，接着琶音，最后尖音。我停了下来，仔细倾听，心扑通扑通地跳。

什么都没有。依旧一片沉寂。雨点打在窗玻璃上。风从海上飘来，我隐约闻到了海藻味，那是自由的气息。我还能再次沿着河边奔跑吗？我还能重新见到自由的地平线吗？

我又唱了起来。这次我选了一首自己平时做好事情后会哼的曲子：《不幸的无辜》，因为它的歌词正契合了我此时的忧伤："你内心充满了爱，保卫着不幸的无辜，惩罚背叛。"这一首曲子是由维瓦尔第神父几年前为他的歌剧《泰特贝尔加》所作。那时的他小有名气，在皮耶塔排演过一部清唱剧，名为《茱狄莎的胜利》，一部我曾听过的最美的作品。我当时还小，但依然记得当时的情景。这部剧唱得太美了，我感到自身的局限像牢笼一样束缚着我，导致我躺到床上哭了起来。当时，我不知道是否有一天自己也可以唱歌，是否也可以得到这种快乐和美妙的折磨……

不幸的无辜啊

你捍卫的爱情

我紧紧抓着壁炉的外壁，唱着，似乎从没唱过歌那样。突然我听到一丝动静，一声回音，低沉微弱而断断续续，好像一个奄奄一息的人在死前发出的绝唱。

你惩罚了一个叛徒……

那是一个女人的声音。声音完全失了真以至于我判断不出来是谁的，但我知道是科拉利的。她还活着，在墙的另一边！我不再唱，握紧拳头，拍打着厚实的墙壁。一阵咚咚的敲击声也应和着我。我额头上爬满了汗珠，滴到地上。如何到她那边去呢？她房间里的壁炉可能正对着我这边的壁炉，甚至可能共用同一个烟囱。如果我可以把砖之间的混凝土弄碎的话，或许我就可以将隔墙打破？

晚上6点

我还未来得及实施我的计划。锁上有钥匙在转动，门被打开了。

我迅速把写好字的纸藏在披风下面的上衣里，冻得缩成一团。

是波拉来了。她端来了一壶水，紧张地看了下四周。我对此并未在意，因为当时我太渴了！我一把抢过她手中的水壶，贪婪地喝着，一口气就把它喝光了。她从口袋里取出一小块面包，递给我：

"拿着，我只能偷这些给你了。"她悄悄说道。

我两三口就把这块天赐的面包吞到肚子里了，继而表现出我的惊讶。

"是你！但你怎么会……"

我看着她，但从未见过她如此装扮。

粉色塔夫绸长裙映衬着朱红色的褶子，花边裹住了她的肩膀，直到包住了头发，用镶了珍珠的大头针别住。她耳朵上、脖子上还有手腕上都挂满了珍珠。

"波拉……"

她耸了下肩膀。

"我跟你说过了，露克蕾霞。假如当初你听我的话，你也不会在这里了。假如我知道红发神父选来接替科拉利的那位不知名却有着小有天赋的年轻歌手不是旁人而正是你的话，我一定会给你通风报信的，你就不会在这里了。显然，你还没有能力唱这个角色，而你接替的是一个更悲惨的诱饵的角色。现在，一切都晚了。"

"你想说什么？"

"你知道得太多了。他不会让你走的。"

"他？你认识他？怎么会这样。波拉，告诉我！"

我靠近她，她急速往后退，摇着头。

"不要干傻事。你会后悔的。我救了自己，露克蕾霞，代价就是不再唱歌……我现在无忧无虑了。他很有钱。"

"你和他……"

她哈哈大笑起来。

"你可真能想！你就那么龌龊地看我，认为我可以把自己出卖给任何人吗？他有一个儿子。那天晚上，正是他驾着船碰到了我的船。他对我一见钟情……他马上就要娶我了，露克蕾霞！"

"这是你的想法。贵族老爷们是不会娶一个像你这样的女孩的。你被虚假的诺言所蒙蔽了……"

她给我展示她的手腕，让我摸摸她的耳朵。

"这些珍珠不是假的！不要劝我。我知道我做

了一个好的选择。再见了！露克蕾霞。我曾经深爱
过你。"

"等一下。"

什么，她就这样把我丢在这里……给我带来了死
亡宣判书？

我本想扑向她，但她预料到了我的反应，啪地一
下关上了门。我抓着门上的铁窗。

"波拉！"

除了一阵匆匆的脚步声，没有任何回应。她走远
了……已经下了楼。

她走了。

这次，是结局。

10月21日

整整一夜，我陷入了绝望中，噩梦不断，吓得直

打哆嗦。波拉来了又走了，一会是来救我，一会是带着把匕首刺向我。她笑着，炫耀自己的财富和她以为从凶手儿子身上获得的爱情；她唱着，突然表现出无辜的样子，要我跟她一起唱。

"我唱不了。我唱不了那么高的音。"

于是她就用匕首威胁着我，或用一块布裹住我的嘴，准备把我闷死。

终于我醒了，浑身是汗。黎明的第一缕晨光洒在我周围，照亮了整个屋子。我疲惫不堪，心里很清楚如果我找不到办法对抗那个隐形敌人的话，那么今天也许就是我的末日了。

我捡起那块废铁，开始挖烟囱里的泥灰壁，就这样干起活儿来。行动让我感到安心：希望重现了。我吃过也喝过了，所以我不会死于饥饿，至少不会立刻死于饥饿。我必须好好利用恢复起来的体力。

我猜对了。由于年久失修和空气潮湿，混凝土已经不牢靠了。很快，我便可以松动一块砖，砰地一声，它掉到了隔壁的房间。几分钟之后，第二块砖也被我撬动了。于是我听到了一阵断断续续、瑟瑟发抖的呼吸声。

"您是谁？凭您的声音，我判断不出您是谁……我以前听说过您吗？"

"我是露克蕾霞·卡利基奥，是维瓦尔第神父的一个学生。"我回答那个女囚。

"啊！是的，我想起来您了，一个高大的棕色皮肤的女孩。您每天都来剧院……小可怜，您在这里做什么呢？"

"让我把这个口打通得更大一点，我们待会儿再说话。"

很快，我看见一只抽搐的手，接着一张脸，一双充满希望又夹杂着些恐惧的炽热的眼睛窥视着我。她正是科拉利。可怜的女人！现在的她狼狈不堪，裙子脏兮兮，头发乱糟糟，透过那惨白的脸色可以看出她这几天所承受的饥饿和焦虑。也许，我自己也是一样的不堪，但我之前没有那么优雅，因而对比也就不那么明显了。

我加倍努力打出一条通道，可以让我钻到她那边去。

"终于，终于见着人了。"她气虚微弱地说道，"我以为会在这间破房子里孤苦伶仃地死去呢。"

她用手抚摸着我的头发、我的脸，好像可以从这种接触中获得某种满足似的。

"您是怎么到这里来的？为什么是您？您是一个人吗？"

"唉，是的。"我答道。

我把曾经设想过让"收藏家"上套的计谋向她和盘托出。此时，我不得不承认，我上了敌人的当。红发神父花钱雇来暗中保护我的那一帮人严格按照命令办事，只不过给歹徒留出太多的活动空间了，或许跟踪我时，他们已经暴露了行踪。

没人知道我们被关押的地方。

我看到她眼里闪烁的希望瞬间消失了。她本以为自己得救了，而我却给她带来更残酷的幻灭。

"我们要死了，可怜的孩子。"她说。

就在这时，一阵灰砸了下来，接着一个人掉了下来。

10月24日

已经是三天前发生的事了。我死里逃生……多亏了安德烈。

那天早上正是他从烟囱里掉了下来。他边咳嗽边站了起来，我们吃了一惊，离他远远地站着。

我挥着那块用来撬砖头的废铁。或许当时的我看起来并不凶猛，因为见我这样他竟然笑了起来。

"扔了吧，在没碰到我之前你能把自己伤着了。"

我拒不妥协。

"你敢靠近的话！"

"露克蕾霞……现在不是吵架的时候……"

他说得对。突然，我感到浑身一软，倒在了铺着破毯子的安乐椅里。这个房间里到处都是落满灰尘的废弃家具——大概人们不常来这里吧。

"你是怎么……你是怎么找到我的？"

他露出了狡黠的微笑。

"我在屋顶上转悠，就听到了你唱歌。一条真正的海妖啊……你就像尤利西斯①一样，我无法抵抗你的呼唤。幸好，当时身边没人捆着我，我才得以来到了这里。"

"因此，红发神父的人没找到我的踪迹……"

"他们跟着歹徒一直跟到了学院桥。我正是从那里开始寻找的。这座宫殿跟安康圣母教堂之间不过是抛个石子儿的距离。你试图使其现形的那个人应该是从一个没落贵族的手里租下的它，因为他本人并不住在这里。"

"我听到了钟声，它来自于……"

他看了看我们，皱了下眉头。

"我去找人帮忙。照你们现在的样子看来，你们没法从烟囱里爬出去。"

"不要！"我喊道，"楼下肯定有人……有看守……他们不会让任何人钻进来的。收藏家很强大，很富有……"

---

① 尤利西斯也叫奥德修斯，是希腊传说中的人物。他足智多谋，英勇善战，曾献木马计里应外合攻破了特洛伊。在率领同伴从特洛伊回国途中，历经各种艰辛，海妖塞壬的歌声便是其中的一环。为了对付塞壬，尤利西斯令人把他拴在桅杆上，并吩咐手下用蜡把他们的耳朵塞住，最终没有被塞壬迷惑到。

"我知道，露克蕾霞。我不早就跟你说过不要插手的吗？"

我抬头看着他。

"是的，我没听你的话。你要把我丢在这里，来惩罚我的固执吗？"

他轻抚了下我的脸。

"当然不会。你真是我的扫把星，但我很喜欢你。"

对于那天所发生的，我只隐约记得我们慢慢向上爬着，时而被烟囱里的螺钉钩住，时而撕破了裙子，后来又大雨倾盆，我们浑身都湿透了……好不容易爬到了屋顶上，那时的我们已经衣衫褴褛，伤痕累累，满脸是灰，还得跳到另一个屋顶上，穿过一条巷子。最后，我们终于钻到一间阁楼里，篮子里摆了几个苹果，总算让我们吃上了第一顿饭。房屋的主人听到了动静，大喊有小偷：安德烈费了很大的劲才使他平静下来。

我已记不得我们是如何回到剧院的，但我却记得耳边响起过红发神父的喊叫，他跪在地上，感谢圣母，而我们的恩人却训斥他："她们需要火、吃的和干衣服，而不是您的祷告！赶紧行动起来！"

我又见到了跳动的火苗，火光把整个厨房里的铜器照得通亮，投在我捧在手里的盛满热汤的碗沿上。我的身上盖了一条粗羊毛被子，双脚也在热水盆里渐渐热乎起来。在我旁边，科拉利也受到同样的照顾。

隔壁的房间里，大家低声耳语。一个表情严肃的人走了进来，向我盘问了好几个问题。

我勉强说了几句，但眼睛合着，舌头打卷了。见我做了一个不耐烦的手势，他向我告辞。不久，我躺在一床舒适的鸭绒被里，渐渐进入了梦乡。

10月26日

今晚将是《真相危机》的首演。虽然科拉利身体还很虚，但已经决定不顾一切登台演出。她今早来皮耶塔看我来了：打扮得相当隆重，头饰翎羽，脸上也施了粉，并点缀了几颗痣以掩盖苍白的脸色。嬷嬷们几乎不敢看她！那个世界的化身，那个她们不断阻止我们踏入的世界的化身现在走进了修道院的围墙里！我获得允许在会客室接待她，整个房间充满了她身上的香味儿。我刚进门，她就从客人专用的不甚舒服的沙发里站起来，一把把我搂在怀里。

"露克蕾霞，你真像一朵新鲜的玫瑰……大家定以为你那几天是在乡下度过呢，而不是在那个恶臭的监狱！"

我忍不住笑了一下。

"我们待的那个地方肯定要比威尼斯的监狱好过多了……"

她那戴满戒指的手抖动了一下。

"被关入威尼斯国家监狱的罪犯罪有应得……你不要同情那一伙劫匪和凶手！"

我无言以对。但当她对我献殷勤表友谊的时候，我看见一个低矮潮湿又臭气熏人的监牢，一个人蹲在烂草堆里和一些铁链……

收藏家不会被关入威尼斯国家监狱，我对此感到愤愤不平。同那些因生活无奈被逼走上犯罪之路的穷苦人相比，他最该被投入监狱。但他势力如此强大，以至于法律都制裁不了他。神父在这个问题上闪烁其词：有人揭发，双方各派代表进行了交涉，也包括含沙射影的威胁。敌人做出了让步。他把生意的经营权交给了儿子，自己则隐居到他买下的靠近罗马的一个地方，从此不再过问，至少承诺不再插手"街头卖艺的争吵"中。因此，红发神父不再受到他的干扰，但没有人关心那些被杀死的阉人歌手。愤怒使我感到压抑。从不祈祷的我现在每天为这两个童年惨遭摧残、英年又早逝的生命祈祷。至于其他人，我和安德烈和维瓦尔第神父一样，感到无能为力。

是否会有一天法律在所有人面前都能公正平等地得到实施，而不必考虑金钱和地位？

科拉利向我保证会永远感激我之后就走了。她留下了相当多的糖果来款待皮耶塔所有的小孩。我知道她很快就会忘了我，但我已经无所谓了。

世事本如此……

波拉呢？她不再住在哥哥家里，这就是我所知道的全部。关于她在这桩事件中扮演的角色，我没有向盘问我的警察吐露半个字，也没有谈及我们之间的最后一面。不管她是否成功将自己嫁出去，她对我来说已经死了……虽然内心与写下的字狡辩着，但我明白这就是事实。

10月27日

天快亮了。我已筋疲力尽，但没有把昨夜的每一刻记下来之前，我还不想睡觉。

出演前一个小时，我们在一个公共化妆室里换上了五颜六色的花衣服，中间马马虎虎用一个帘子隔开来以保护女演员的隐私。我终于喜欢上了后台的混乱，其实它只是表面上的混乱。事实上，每个人都清楚自己要做的事，人群的动作像芭蕾舞步一样整齐划一。

帷幕的另一端，苏丹的护卫裹着头巾，挥着军刀，梳着自己黑色的鬏胡子；人们听到他们嬉笑、哼

唱、插科打诨、偶尔混着或真或假的争吵。空气中弥漫着各种浓烈的气味，脂粉味、臭汗味、蜡烛烟味以及新鲜的油漆味。

另一个配角帮我化妆，给我抹了粉和腮红，涂了眼影和唇膏。画好后，她笑着给我递来一面镜子：借着微弱的烛光，我看到的是一个陌生人。戴上闪闪发光的面纱后，她向我投来诡谲的目光。

"你运气真好。"她说，"你的脸就是为舞台而生的，它很衬光线呢。能为你化妆是件乐事。你现在变样啦，漂亮的侍女！"

有人在叫我们了。维瓦尔第神父过来检查，他帽子歪着戴在头上，揉搓着自己的衣袖，好像习惯了每场演出前都这么做。他这样做并非担心演不好，因为他对自己的才华极有自信，而是出于一种激情，一种狂热，这使他两眼发光，像个一团绳子牵引的木偶一样乱碰乱跳。因此，他几乎是跳着小舞步过来视察我们的服装，这边调整一下没系好的腰带，那边扣一下头巾的扣带，看到帮宠妃达米拉拖长裙的男孩的手是脏的便鬼喊鬼叫。

从我面前经过时，他停了下来，轻轻咳嗽了几下。他的长鼻子嗅了嗅，像在闻一道精心准备的菜一样。他把我从头到脚打量了一下，嘴角露出一丝微笑。他又一阵轻咳，接着说：

"好，很好。"

他又走到另一个配角面前，呵斥她把胸露得不够。

"我不是一个妓女。"她反驳道。

"当然不是！但要愉悦观众的眼睛啊！"

最终，帷幕升了起来，呈现出第一幕戏的布景，同时响起了欢快的交响乐，作为表演的前奏。从我的位置，我可以看到皮耶塔的伙伴们在全神贯注地演奏小提琴。真羡慕她们啊。今晚，我只是一个不用讲话的侍女，感受一些歌手精湛的歌唱技艺和另一些乐手杰出的集体演奏。我感到一种不自在，而这种不自在很快就变成了一种折磨。它使我不得不驱散那种想法才能投入到音乐中。我应该在皇后露丝缇娜之后进场。在此之前，我眯着眼睛，细细品味着达米拉的开场曲。

眼见自己的儿子没能得到国王宝座，这个宠妾颤抖了，愤怒地表达着一切。

我不愿看大厅一眼，也不愿去评价它，好比人们也不会去关心我旁边站的是这样或那样的大角色。我知道我会看到的是怎样的场景：一群珠光宝气、油头粉面的人，一张张喋喋不休的嘴和奉承微笑的脸，一把把来回扇着的扇子和后排游走的观众……在剧院里，有谁真正在听音乐呢？除了音乐家和音乐爱好者……其他人都是为了被观看，为了结交关系、缔约合同或者结束一段感情。在正厅后排，普通大众或站着或坐着，闹哄哄地表现他们的快活或不满；包厢的第一排坐着一些搔首弄姿的妓女。更高的包厢里，大家边猜着谜，打着牌，下着棋，边通过镜子的反射瞄一眼台上的表演，另一些人会着客，喝着汤……这里呈现的是威尼斯的缩影。

所有这些都让我有点恶心。但我敢跨出一步，抛弃原本属于我的平静生活吗？皮耶塔的嬷嬷们都已经知道了上次的计谋是我设想的，尽管维瓦尔第神父很想把这个责任包揽下来，然而我的大胆行径让她们有些担忧。当她们在走廊里遇见我时，她们会暗暗画十字。如果我同意回到她们中去并过上虔诚的生活以使人们忘了我干的这唯——件荒唐事，她们最终会留下我的。

但我不确定自己是否愿意这样。

早上6点

由于陷入沉思，我差点错过了进场。

一个布景工推了我一下，我一个箭步紧跟上了皇后的步伐。我只是机械地重复着动作，同时贪婪地看着她。她离我如此近，以至于我看得到她的嘴在抖动，胸在膨胀，细汗微微沁了出来。唱歌需要难以想象的力气和超乎寻常的耐力。一名歌手在唱完一幕跟一个长途跋涉的信使感到的疲惫是一样的。我深受触动，好像自己也分享了她的努力、她的疲惫和她的快乐。

在演第二幕时，我注意到科拉利的嗓音缺乏力量也不够洪亮，明白了这几天的折磨使她受到的影响比我所想的要严重。但通过与梅林多一角相符的表演技巧，她巧妙地把身体的虚弱给遮掩过去了，即惨遭爱人罗莎妮的背叛，她为后者的阴险感到可悲。"每一个目光都是一个谎言……"她几乎是气喘吁吁地唱完最后一句，然后颤颤巍巍地走下舞台。

我向她走近，这时维瓦尔第神父已赶到我的前面。

"嗅盐！"他冲一个服装师喊道，"嗅盐和补药……亲爱的，美女，醒醒！求你了！"

科拉利用沾了香水的手帕擦了擦太阳穴。

"没事。大师。"她答道，"只是有点累了。唱您作的歌剧真是个危险的苦差事，您得记住这一点。但我还是会给您唱的。"

看到我，她示意我到她身边去。

"我要趴在这位年轻姑娘的肩上休息一会了……直到下次上台。你不要这样动啊，把我都弄晕了！"

为了不笑出声来，我咬紧嘴唇。终于有人对我们的老师说实话了！有趣的小报复……

在第三幕戏开头部分，科拉利的身体状态并未好转。在与苏丹对戏时，她的这种状态令人心碎：面色苍白，晃晃悠悠，但还勉强能唱下去。我不知道这是出于怎样的神奇毅力。然而，唱完梅林多的最后一句歌词，她再也坚持不下去了，唱完"我不幸的灵魂"后便瘫倒在地。热情高涨的观众认为她的颤音很好地表现了真实的痛苦而起身喝彩。这时，巴比埃利先生将昏厥的她拖到后台，让她躺在一团布上，又匆匆忙忙地回到舞台上完成和达米拉的对戏。

我跪在她旁边，替她解开上衣以方便她更舒服地喘气。她勉强睁了几次眼，然后发出一声呻吟就失去了意识。

维瓦尔第神父陷入绝望中。

"把她叫醒！"他祈求道，"去找些水来！不，要酒！她必须完成演出！否则，这场戏就完了。"

"她已经唱完最后一首曲子了。"饰演露丝缇娜的演员嘉拉·奥兰迪提醒道。

"但她还几幕重要的戏！和塞林的决斗！大结

局！没有她……"

突然，他一下子抓住了我的衣袖。

"你！你了解这个角色，不是吗？"

"嗯，但是……"

"没有但是！嘉拉女士说得对，没有什么要唱的了，除了几个宣叙调和大合唱。你能唱吗？能还是不能？"

"能，但是……"

"我跟你说过没有但是！快点脱下这身衣服……莱奥纳尔达！你来负责她。给她戴上一条头巾，戴上一些首饰，剩下的，自己看着办！快点！嘉拉，上台，观众等着呢……"

服装师瞬间就帮我把我的面纱扯了下来，换上了头巾。此时，神父亲自把始终处于昏迷状态的科拉利的衣服脱了下来。一件色彩斑斓的上衣披到了我的肩膀上，一条金光闪闪的腰带系到了我的腰上。我像一个玩偶一样任他们摆弄。

"你准备好了吗？"红发神父长吁一口气，"你还记得情节吗？你一边追着塞林一边登上舞台，用刀跟他决斗，他艰难地抵抗……你跟我唱？'去死吧！

叛徒！'罗莎妮试图使你平静下来，但你依然疯疯癫癫，扬言要一把火烧掉圣殿，自己也一死百了……接着塞林牺牲掉自己对罗莎妮的爱……大合唱'风雨过后，一切终将恢复平静'……"

我感到手里握到了一个坚硬的东西，低头一看，是一把硬纸盒做的军刀。

"我相信你。什么都不要怕。"维瓦尔第神父悄声说道。

他以为这样可以使我安心，给我力量，但我并非出于担心自己会出错或担心自己的声音传得不够远才犹豫的……当作为一个平凡的无声配角登上舞台时，我便感到血管里血流加速：有人称之为表演的陶醉，这种欣快如此强烈，以至于它无可比拟——甚至兴奋带来的眩晕感。

"爸爸……"我低声喊道。

"嗯？"

刹那间，音乐在我心中戛然而止。我们仿佛置身于一个寂静的孤岛上。

"如果我听您的话，您知道会发生什么。"

"只有上帝知道。愿我主永照光芒！"

"我会没有后路可退，回不去皮耶塔了。修女嬷嬷想让我……她跟我说过，也许我会……"

"并不是我们所有人都会踏上同一条路。我相信你已经听到了内心的呼唤，露克蕾霞。"

一只胳膊搭在了我的肩膀上。是安德烈。他俯视着我，我第一次我感到他的微笑不再是嘲笑。

"你需要一个经纪人，"他说，"我愿意做你的经纪人。我有足够的坏脾气跟你对着干。"

他的手落到我那只握剑的手上，取过剑，刀片锋芒毕露。

"我和你，"他悄悄说道，"我们与他人不一样。我们清楚这一点，也无需向他人证明。我们可以成为神……抑或什么都不是。一切由我们自己选择。露克蕾霞，去吧，去唱吧！"

拉开帷幕，宫殿前厅的布景逐渐显现出来。

我没有预料到这一切；奔跑着，陶醉着，奔向光明。

维瓦尔第在威尼斯

几个世纪以来，威尼斯处处飘着音乐。1720年亦如此：大街小巷、广场上都风靡着流行音乐；教堂里充满了圣歌；众多剧院里也上演着美妙动人的歌儿；别忘了在贵族和富商的沙龙里，在他们宫殿的城墙里也奏响着音乐。

在威尼斯创作的所有音乐艺术家中，一些人曾在历史上留下了一笔，尽管这一笔几乎被集体遗忘所擦去。尊敬的安托尼奥·维瓦尔第神父就属于这样的例子。因他的神职身份（于1703年被授予神甫一职）和那一头红棕色的头发，他常被人们称为"红发神父"。

维瓦尔第于1678年出生于威尼斯，在父亲的启蒙下，他学习音乐尤其是小提琴。他的父亲尽管曾是一名理发师，却极具艺术才华。维瓦尔第也师从大师莱格伦齐，但时间并不长。莱格伦齐是圣马可教堂的老师，正是在这座教堂及其各种相关的附属机构里，维瓦尔第完成了一生硕果累累的音乐创作。维瓦尔第早年听从父亲的建议从事神职工作，但他并未停止向杰出的音乐家学习，后来在1702年，他被选为威尼斯共和国四家孤儿院之一的皮耶塔医院的小提琴教师。那里的年轻女孩儿学习乐器和歌唱，达到高级水平之后便在收容院里参加公演。这些童真的嗓音在当地的音乐界中引起很大的轰动，其中一些女孩儿有着天然的低沉音色，甚至可以演唱男高音或男低音。

1705年，维瓦尔第不仅是位小提琴老师，还是孤儿院的作曲家。他让孩子们唱经文歌，唱圣歌或弥撒，也会让这些音乐天才演奏协奏曲。直到1713年，维瓦尔第才敢创作歌剧（他那时还是神甫？）。那时，他不仅进行音乐作品的创作，还是出品人、经纪人、音乐总监，并经常出入威尼斯周边的剧院。因此，他要忍受艺术家之间的竞争，饱受决定哪位歌手登台而引起的争吵，遭遇经纪人之间的利益纠纷以及阉人歌手之间的有时是致命的斗争。

维瓦尔第招募一些阉人歌手来出演他的歌剧作品。这些艺术家自十七世纪初就已经成为"明星"了。在青春期前，一些有着出众嗓音的男孩儿会被做一种手术：切除睾丸或除去精索。通过这种阉割，一些第二性特征会发生变化，尤其是嗓音不会经历变声期。这样一来，阉人歌手既保持了嗓音的童真，又可以拥有成人的肺活量和生理体积。最有名的阉人歌手会声震整个欧洲，比如卡瑞斯提尼、法瑞内利、卡法雷利以及于1720年参与《真相危机》创作的阿尔贝蒂尼。

1720年同样也见证了一部讽刺著作的问世——马尔切洛写的《时兴的戏剧》，讽刺了当时歌剧中的种种陋习。在这部作品中，他提及了一个叫 Aldiviva 的人，我们很容易看出他不过把维瓦尔第（Vivaldi）名字的字母颠倒了顺序。

维瓦尔第尽管身体孱弱——正如他本人所声称的那样——但却过着高强度的生活，一生创作颇丰，（500多首协奏曲，50多部宗教音乐作品——经文歌，弥撒的片段，圣歌——差不多40部康塔塔，还有尚不知准确数字的歌剧——据史料记载，大概在 50 部到 94 部之间，不包括其他各种各样的曲谱。）做过音乐会总监、歌剧出品人，还不断地寻求赞助商以保证他多产的创作。他确实是威尼斯皮耶塔收容院的乐队负责人和音乐教师，但事实上他不断穿梭于曼图亚、佛罗伦萨、热那亚、罗马甚至巴黎、阿姆斯特丹（传记作者对于这一点还不确定）等城市。不管去哪里，红发神父总带着一班人马，都是女性。这班人马由他的年轻朋友安娜·吉罗带队。安娜·吉罗是他在皮耶塔的一位学生，两人之间保持着暧昧的友谊，她也因其在队伍中的特殊地位而饱受争议。

1730 年末，人们的音乐品位发生了变化。以技艺精湛又极其有趣的那不勒斯音乐风格促使人们拥入了威尼斯的剧院。维瓦尔第的时代一去不复返，他不再流行了。1740 年，他离开了威尼斯，后来再也没回去过，最终在 1741 年选择定居维也纳。他受到查理六世的赏识，本期待续写其辉煌的音乐生涯，但这位君主的突然去世使他失去了靠山。最终，穷困潦倒的他于 1741 年 7 月 27 日（或 28 日）死于一种呼吸疾病。

28 日，他被草草地埋葬在贫民坑里。

　　这位红极一时的艺术家，生前赚了数以万计的杜卡托——花掉的更多——在逝世的第二天就差点被人们永远遗忘在脑后了，即使在 19 世纪中叶研究巴赫的作品时，一个叫作安托尼奥·维瓦尔第的人也没有出现在一些手稿上！

　　而这又是另一则故事……

维瓦尔第的大事年表

1678年3月4日周五：安托尼奥·维瓦尔第出生于威尼斯。（当天发生了地震）

童年起：跟父亲学习音乐。

1688年：进入圣赫米尼亚诺教区小学读书。在那里，他学习宗教，后来成为神甫。

1696年：被任命为公爵教堂的音乐家，并成为音乐家协会一员。

1703年3月2日：成为神甫。

1703年8月：被任命为皮耶塔收容院的小提琴教师。

1705年：被任命为皮耶塔的作曲家。

1706年秋：维瓦尔第最终停止做弥撒。

1711年：在阿姆斯特丹出版了《和谐的灵感》，收录了12首管弦乐器协奏曲。

1712年：创作《圣母悼歌》，出版了小提琴协奏曲《异乎寻常》。

1713年5月17日：创作其首部歌剧《奥托尼在

维拉》。

1713 年：开始担任圣安其罗剧院经理一职。

1716 年：创作了清唱剧《朱迪莎的胜利》。

1716 年：被任命为皮耶塔的总音乐教师。在意大利、德国、奥地利以及荷兰进行巡演。

1718 年：被曼图亚的大公任命为教堂音乐教师。继续游历整个欧洲。

1720 年 9 月：创作了《真相危机》。

1722 年：作为小提琴家和作曲家在罗马游历。在教宗面前演奏。

1725 年：出版 12 组小提琴协奏曲《和谐与创意的试验》，其中四首组成了《四季》。

1727 年：出版新的 12 组协奏曲《里拉琴》，赠给奥地利国王查理十世。

1735 年：被洛林省公爵（也就是后来的神圣罗马帝国皇帝弗朗索瓦一世）任命为教堂音乐教师。

1740 年：最终离开威尼斯。

1741 年 7 月 27 日或 28 日：维瓦尔第卒于维也纳。

影视作品

露克蕾霞唱的歌曲近期被娜塔莉·斯图茨曼及其乐团 Orfeo 55 演奏并收录在美妙的 **Prima Donna** 光盘里（德国留声机公司）。

关于男声，可以听听菲利普·贾罗斯基最新的一张 CD《Heroes》(维尔京经典发行公司)。由让·克里斯多夫·斯皮诺西指挥著名的管弦乐队 Ensemble Matheus。

关于歌剧《真相危机》，只存在一部由 Naïve 乐队和 Ensemble Matheus 乐队合制的录像，其中达米拉和塞林分别由娜塔莉·斯图茨曼和菲利普·贾罗斯基扮演。

《朱荻莎的胜利》由维瓦尔第影像公司出版，玛格德莱娜·孔泽娜出演。

《安托尼奥·维瓦尔第：威尼斯的王子》导演：

让·路易-吉耶尔穆；主演：斯特法诺·迪奥尼斯和米歇尔·塞罗。

《绝代妖姬》导演：杰拉·高比奥；主演：斯特法诺·迪奥尼斯和艾尔莎·泽贝斯坦。